Karin Schmied / Ursula Rohrweck

Sagenhaftes Ebensee

Die Marktgemeinde Ebensee am Traunsee.

Karin Schmied / Ursula Rohrweck

Sagenhaftes Ebensee

32 wanderbare Sagen und Geschichten

ENNSTHALER VERLAG STEYR

MIX
Papier | Fördert gute Waldnutzung
FSC® C004378

www.ennsthaler.at

ISBN 978-3-7095-0158-0
Karin Schmied/Ursula Rohrweck · Sagenhaftes Ebensee

Ennsthaler Gesellschaft m.b.H. & Co KG, 4400 Steyr, Austria
Satz und Umschlaggestaltung: Druckwerkstatt Steyr
Umschlagfoto: © Elisabeth Maria Brandstetter
Druck und Bindung: PBtisk a.s.

Klimaneutral
Druckprodukt
ClimatePartner.com/14924-2210-1007

Inhalt

Ebensee, Ölmalerei von Josef Loidl.

Altes Häuschen am Abhang des Kalvarienberges.

Vorwort

Der Salinenort Ebensee am südlichen Ufer des Traunsees liegt eingebettet in eine wunderbare Naturlandschaft. Höhlen und Dolinen im Höllengebirge sowie im Toten Gebirge und die Gefahren der Elemente, wie Stürme über dem Traunsee, Geröll- und Lawinenabgänge, regten die Bewohner früherer Zeiten zum Erzählen unzähliger Sagen und Geschichten an.

Die Faszination dieser alten Mythen, der märchenhaften Erzählungen und der sagenumwobenen Plätze hat nichts von ihrer Strahlkraft eingebüßt. Sie lebt als bodenständiges Kulturgut und volkstümliches Brauchtum fort.

Dieses Buch spürt alte Geschichten auf und lädt ein, die Themenplätze und Sagenwege auf ausgewiesenen Wanderungen zu entdecken. Dazu wurden die vorhandenen Sagen zeitgemäß aufbereitet und sprachlich adaptiert. Geografische und historische Hintergründe wurden zu jeder Sage erhoben und dokumentiert.

In den Anmerkungen (»Wissenswertes«) zu jeder Sage stellen wir Bezüge zur Geschichte und Heimatkunde her. Damit wollen wir aufzeigen, wie unabdingbar unsere Sagen mit unserer regionalen Kultur, Identität und Geschichte verwoben sind.

Um eine Brücke zur Gegenwart zu schaffen, baten wir Autoren aus Ebensee, darunter die Kinderbuchautorin Sarah Michaela Orlovský, einen Beitrag in Form einer neuen, selbst verfassten Erzählung zu leisten.

Danken möchte ich allen, die die spannende und aufregende Entwicklung zu diesem Buch unterstützten, allen voran Frau Dir. Ursula Rohrweck, die mit ihrer wertvollen Recherche-Arbeit und ihren hervorragenden IT-Kenntnissen federführend an diesem Projekt mitwirkte.

Der Reinerlös dieses Buchprojekts kommt zur Gänze der Öffentlichen Gemeinde- und Pfarrbücherei Ebensee zugute.

Mag. Karin Schmied, Leiterin der Bücherei Ebensee

Ebensee von der Traunmündung aus.

Lesen – wandern – hören

- Am Beginn jedes Sagenweg-Kapitels finden Sie den QR-Code zur Route des Sagenwegs.

- Alle Sagen und Geschichten dieses Buchs wurden von Ebenseerinnen und Ebenseern eingelesen. Über die QR-Codes bei den Sagen können die Audiodateien abgerufen werden.

- Zusätzlich finden Sie im Buch fünf Sagen, die ins Englische übertragen wurden. Auf den Audiodateien werden sie von einem Native Speaker, einer Amerikanerin, gelesen.

Alte Ansicht von Ebensee nach einem Gemälde von Jakob Alt –
auf Keramik von Josef Loidl.

Sagenweg 1
Rindbach

Der Kreithwandschatz

Das Berigweibl

Das Bucklweibl von Ebensee

Die verlorene Welt – *Eine moderne Sage von Sarah Michaela Orlovský*

Die Hexen vom Hexenlandl

Sagenweg 1 · Rindbach

Der Kreithwandschatz

Die Steilwand nördlich der Loipinggrube[1] am Fuße des Erlakogels im Ortsteil Rindbach wird Kreithwand[2] genannt. Dort soll es nicht immer geheuer sein. An manchen Tagen treibt dort das »Kreithgesindel« seinen Schabernack.

Manchmal aber, so wird erzählt, tut sich die Kreithwand auf und ein finsterer Gang führt in das Innere des Berges, wo große Mengen von Gold und Silber liegen sollen. Dann steht eine weiß gekleidete Gestalt beim Eingang und bewacht diesen Schatz.

Man sagt, dass jemand, der, ohne ein Wort zu sprechen, zum Schatz vordringen kann, diesen mitnehmen darf. Bisher ist dies noch keinem gelungen.

Einmal, es war am 9. Juli des Jahres 1835[3], sammelte eine arme Frau in der Nähe der Kreithwand Beeren. Sie hatte ihr Büblein am Fuß der Wand niedergelegt. Es schlief tief und ruhig, während die Mutter Beere um Beere pflückte und in ihre Kanne gab.

Die Frau war müde und verbittert. Man hatte ihren Mann wegen eines Streites entlassen und nun war ihre Not groß. Dort drüben auf der anderen Seite des Trauntales lagen die Sudhäuser, in denen er gearbeitet hatte. Nun saß er müßig herum und wusste nichts mit sich anzufangen. Es wurmte ihn, dass er entlassen worden war. Er war stur und fand kein Wort der Entschuldigung gegenüber seinem Arbeitgeber. Er fand auch keine andere Arbeit, und so wurde die Not der kleinen Familie immer drückender.

Die Frau tat, was sie konnte, um das tägliche Brot herbeizuschaffen. Wenn ihr das auch notdürftig gelang, so nagte doch die Verbitterung an ihrer Seele wie ein Wurm, der alles Gute in ihr zerfraß. Als sie ihr schlafendes Kind betrachtete, traten Tränen in

Blick vom Traunsee in der Rindbacher Bucht auf die Kreithwand.

ihre Augen und sie murmelte: »Gott soll die strafen, die meinen Mann nimmer zur Arbeit gehen lassen!«

Die Julisonne brannte heiß vom Himmel, obwohl es noch früh am Tage war. Plötzlich hob die Frau den Kopf, weil sie glaubte, ein Geräusch vernommen zu haben. Da entdeckte sie wenige Meter oberhalb der Wiese ein Loch in der Felswand. Sie kletterte den Abhang hinauf und stand vor einem Gang, der tief in den Berg führte.

Sofort fielen ihr die alten Geschichten ein und sie dachte: »Wenn ich mit dem Gold heimkäme, hätte alle Not ein Ende.« Sie schritt daher mutig in den Berg hinein und war nicht erstaunt, als ihr eine weiße Gestalt entgegentrat. Diese hielt den Finger vor den Mund, um ihr zu zeigen, dass sie nicht sprechen sollte. Die Frau nickte der Gestalt zu, um ihr zu bedeuten, dass sie um die Bedingungen wisse und schweigen könne.

Und wirklich: Sie hatte nicht weit zu gehen, bis es vor ihr da und dort glitzerte und glänzte. Es waren keine Goldstücke, wie sie gedacht hatte, es waren eher große goldene Klumpen, die lehmverschmiert waren.

Gerade wollte die Frau beginnen, die Klumpen in ihre Beerenkanne zu klauben, da hörte sie ihr Kind jämmerlich schreien. Es musste etwas Schreckliches geschehen sein! Die Frau ließ die Kanne stehen und lief auf den Ausgang zu, den Hang hinab zu ihrem Kind.

Atemlos kam sie bei ihrem Büblein an, das aber noch immer sanft und still schlummerte. Die Frau schüttelte den Kopf. Ihr Blick ging in Richtung der Sudhäuser, die weit drüben in der Ebene standen. Sie legte die Hände vor den Mund, um einen Schrei zu unterdrücken, denn die Sudhäuser standen in hellen Flammen. Hasserfüllt rief sie: »Das ist die Strafe, weil ihr meinen Mann entlassen habt!«

In diesem Augenblick grollte und donnerte es ganz in der Nähe. Die Erde erbebte.

»Der Gang, das Gold!«, rief die Frau entsetzt und lief gehetzt den Hang wieder hinauf. Sie fand aber den Eingang nicht wieder. Nur ihre Kanne stand abseits auf einem Stein. Bitterlich weinend sank sie daneben nieder.

Seit diesem Tag, an dem die Sudhäuser abbrannten, hat keiner mehr den Gang gesehen, der zum Goldschatz in der Kreithwand führt.

Wissenswertes

1 »Loipinggrube«, auch »Loiperngrube« genannt: Hierbei handelt es sich um eine aufgelassene Schottergrube, deren Besitzer ein Herr Loiping war. In der Loipinggrube befindet sich ein jahrtausendealter Gletscherschliff.

2 Der Flurname »Kreith«, oder wie in alten Flurbezeichnungen auch »Kreut«, bedeutet vermutlich »gerodet«, so wie Reith, Roith, Reutte, Kreh etc. Das Bauernhaus unterhalb der Kreithwand hat im Volks-

mund den Hausnamen »Krehbauer«. Selbiges Haus ist in alten Katastermappen (1760) als »Inhäusl« oder »Haus im Kreut« eingetragen.

3 Salinenbrand: Am 9. Juli 1835 vernichtete ein verheerender Brand die Sudhäuser, zahlreiche Privathäuser und den hölzernen Dachreiter der Kirche.

Das Berigweibl

Der Kreithbauer und ein Pfannhauser[1] waren gute Freunde, obwohl der eine um vieles älter war als der andere. Sie verstanden sich, ohne dass es vieler Worte bedurft hätte, besonders dann, wenn sie miteinander in den Bergen waren.

Als sie an einem Maimorgen in der Loipinggrube am Fuße des Erlakogels bei einer Fichte saßen, schien es, als wären sie beide dem Zauber der stillen Morgenstunde erlegen. Nur selten vernahmen sie einen Vogelruf.

Ihre Gedanken jedoch gingen verschiedene Wege: Der junge Pfannhauser dachte daran, dass für die neuen Sudhäuser ein günstiger Platz gefunden werden müsse, und zwar so bald wie möglich.[2]

Der Kreithbauer hingegen ließ seine Gedanken in die Vergangenheit schweifen und sagte aus diesen Gedanken heraus: »Da ist einmal eine Kirche gestanden.«

Der Pfannhauser sah ihn fragend an. Der Kreithbauer nahm seine Pfeife aus dem Mund und erzählte: »Sie ist versunken. Vor gar nicht langer Zeit soll man das Kreuz vom Turm noch gesehen haben, dort wo jetzt die Fichte steht.«[3] Der Pfannhauser lachte: »Geh, das sind doch Märchen! Glaubst du das denn wirklich?«

Der Bauer betrachtete den Zugereisten, als sei er ihm plötzlich ganz fremd. Dann ließ er seine Blicke über die Ebene der Langbath schweifen, die der Rindbach, der Frauenweißenbach und die Traun in Tausenden von Jahren aufgeschüttet hatten.

»Und warum sollte es nicht so gewesen sein?«, fragte er den anderen. »Es ist vor unserer Zeit schon viel gewesen, von dem wir nichts mehr wissen. Jedes Jahr kommt das Geröll von den Bergen. Die Wildbäche bringen viel Schotter mit. Warum soll da nicht eine kleine Kirche oder eine Kapelle verschüttet worden sein?«

»Na ja«, murmelte der Pfannhauser unsicher. »Die alten Geschichten sind doch fast immer nur Weibergetratsch.«

In diesem Augenblick hörten sie beide deutlich den Klang von Glocken und das Gemurmel von Stimmen.

Der junge Mann kniff die Augen zusammen, als könnte er so besser hören. Er starrte mit offenem Mund auf die Fichte, von der die Klänge zu kommen schienen. »Das kann doch nur ein Widerhall sein«, sagte er endlich. »Du weißt ja, dass es so etwas gibt!«

Aber der Kreithbauer antwortete nicht. Er lauschte nur nach dem Glockenklang. Seine scharfen Ohren vernahmen neben den murmelnden Stimmen noch ein anderes Geräusch. Er schaute zur Kreithwand – der Felswand hinter seinem Bauernhaus – und sah eine helle, zierliche Gestalt, die über die Felsen herabhüpfte, als benütze sie eine breite Treppe.

»Ein Berigweibl«, dachte der Mann. Wie oft hatte er schon von dem Berigweibl gehört, von dieser guten Waldfrau, die den Menschen hilft, wenn sie in Not sind. Aber noch nie hatte er eines zu Gesicht bekommen. Sollte er den Pfannhauser darauf aufmerksam machen? Vielleicht entflöhe das fremdartige Wesen, wenn es ein Geräusch oder gar Stimmen hörte.

Dennoch stupste er den Freund an und deutete mit dem Kinn auf die Wand. Der Pfannhauser unterdrückte einen überraschten

»Berigweibllucka« mit Bildstock. In der Felsspalte soll das Berigweibl hausen.

Ruf und starrte das Berigweibl an, das inzwischen näher gekommen war. Das Weibl war viel kleiner, aber auch viel schöner als die Frauen in der Gegend.

Es zeigte keinerlei Scheu und sprach die Männer mit einer hellen, etwas fremd klingenden Stimme an: »Die Tschuri-Muri schickt mich. Ich soll euch eine Frage beantworten – fragt also!«

Die Männer sahen einander erstaunt an. »Wer ist die Tschuri-Muri?«, fragte der Pfannhauser mehr den Kreithbauern als das Berigweibl. Das Weibl wischte mit einer ungeduldigen Bewegung diese Frage hinweg, als wäre sie nie gestellt worden. »Fragt«, sagte sie nochmals, »ich habe nicht viel Zeit!«

Der Kreithbauer hob die Achseln und schüttelte den Kopf. Was sollte er zu fragen haben? Worauf er sich selbst keine Antwort zu geben vermochte, das brauchte er nicht zu wissen.

Dem Pfannhauser fielen just in diesem Moment seine Sorgen um die Sudhäuser wieder ein. »Wenn ich wüsste, wohin wir die neuen Sudhäuser bauen sollen«, murmelte er ratlos.

Schon kniete sich das Weibl auf den Boden und zeichnete mit eiligen Strichen die Traun, die Bäche und den See in den Sand. Es war nicht zu verkennen, was der Plan darstellen sollte. Auch der Platz, den die Bergfrau für die Errichtung der Sudhäuser angab, war klar abgegrenzt. Als sie sah, dass der Pfannhauser ihre Zeichnung begriffen hatte, richtete sie sich hoch auf. Sie schien nun plötzlich viel größer und noch viel schöner als die Menschenfrauen.

»Ihr hättet nach dem Kreuz in der Nuss fragen sollen«, sagte sie traurig, »es wäre besser für euch gewesen!«[4] Und dann war sie plötzlich verschwunden, als hätte sie der Erdboden verschluckt.

»Das Kreuz in der Nuss, was ist das?«, fragte der Pfannhauser. Der Kreithbauer dachte lange nach, konnte aber auch keine Lösung für die Frage finden. Er sagte: »Ich weiß es auch nicht. Aber vielleicht wird es einmal einer wissen, der davon hört. Ich will jedenfalls meinen Kindern erzählen, was das Berigweibl gesagt hat.« Er stand auf. In diesem Augenblick hörten sie beide einen einzigen Glockenton, der lange nachhallte.

»Es gibt mancherlei, das wir uns nicht erklären können«, sagte der Pfannhauser. »Du hast recht, unser Wissen ist nur Stückwerk – wie könnte es anders sein.«

Langsam und wortlos schritten sie zu Tal, und nie wieder begegnete ihnen das Berigweibl.

Wissenswertes

1 Pfannhauser: Die aus dem Berg kommende Sole wurde in großen Sudpfannen erhitzt, bis das Wasser verdunstet war und das Salz übrig blieb. Die Gebäude, in denen sie sich befanden, wurden Pfannhäuser oder Sudhäuser genannt, die darin Beschäftigten »Pfannhauser«. Beide Begriffe wurden im Lauf der Zeit Synonyme für die Saline bzw. für Salinenbedienstete.

2 Die Saline wurde bis heute viermal errichtet. Die beiden ersten Salinen standen am linken Traunufer, die dritte am rechten (Kochfeld), und die vierte steht nun im Ortsteil Steinkogel südlich von Ebensee.

[3] Von einem »versunkenen Kirchlein« ist historisch nichts überliefert. Es gibt landauf, landab aber zahlreiche Geschichten über versunkene, verschwundene Gotteshäuser. Wahrscheinlich sollten sie die Menschen zu mehr Frömmigkeit auffordern.

[4] »Kreuz in der Nuss«: In vielen Bergsagen kommt dieses Rätsel vor. Es bedeutet vermutlich »nach dem Besten fragen«. Eine andere Interpretation meint, dass durch dieses unlösbare Rätsel die Menschen von den Geistern gedemütigt werden.

Das Bucklweibl von Ebensee

Eine einfache Frau aus Ebensee erzählte oft ihre Geschichte von der Begegnung mit dem »Bucklweibl«:

Theres aus Ebensee begegnete einmal dem Bucklweibl. Das kleine Weibl hatte ein zerfurchtes Gesicht und erschien dem Reserl uralt. Die Theres hatte vor, roten Holler zu pflücken, und war dabei aber müde geworden. Sie wollte sich in einer nahen Höhle, in der es dunkel und kühl war, für ein paar Minuten ausruhen. Nachdem sie sich auf einem Stein niedergelassen hatte, stand plötzlich das Bucklweibl mit drei Katzen vor ihr: einer zierlichen feuerroten, einer eleganten blauen und einem großen schwarzen Ungetüm. Freundlich grüßte die Theres das Weibl und bat um Entschuldigung für das Eindringen in die Höhle.

In den Wäldern hinter der Rindbachmühle (ehemals auch ein Gasthaus) soll das Bucklweibl zu Hause sein.

»Ich hab' eine Rast gebraucht, liabs Weibl! Ja, ja, jünger sollte man halt sein!«, sprach die Theres.

Da fragte das Bucklweibl neugierig: »Wie viel Jahre willst du denn gar jünger sein?« »Na ja, zwanzig oder vielleicht fünfzehn Jahr', das wäre schon recht schön«, stammelte Theres verblüfft. Da erhob sich die feuerrote Katze und sagte: »Gib mir die fünf Jahre, die du zwischen deinem fünfzehnten und zwanzigsten Geburtstag gelebt hast.«

Die Theres antwortete nicht gleich. Sorgfältig dachte sie darüber nach. In dieser Zeit hatte sie ihren Mann Franz kennengelernt. Sie war mit ihm jeden Sonntag gewandert. In der schönen Natur hatten sie sich geliebt und dann Hochzeit gehalten. »Nein, nur net diese Jahrln, die geb' ich nimmer her«, rief das Reserl. Da erhob sich die zweite, die blaue Katze mit ihrem seltsam kantigen Kopf und sprach: »Gib mir halt von den Jahren zwischen Zwanzig und Dreißig etwas her.« Das Reserl rechnete wieder nach und sinnierte: Da war zuerst das kleine Reserl gekommen, ihre Tochter, dann der Franzl, der Bub. Das Büberl war so zart, und als es krank war, hatte sie es dem Tod abgerungen. Gab sie diese Jahre her, dann hätte sie dem Tod einen späten Sieg geschenkt. »Nein, kein Jahr davon«, antwortete sie ganz laut.

Plötzlich stand das schwarze Untier vor ihr. »Die Jahre zwischen Dreißig und Vierzig!«, knurrte der Kater böse. Die Theres überlegte wiederum genau. In diesen Jahren war sie eine Frau geworden, sie hatte getanzt, gesungen und gelebt.

Ehe sie jedoch noch ein Nein aussprechen konnte, hatte sich der schwarze Kater entfernt.

Da rollte sich aus dem Schoß der alten Höhlenfrau eine weitere kleine, weiße Katze. So ein herrliches, seidiges Tier hatte Theres noch nie gesehen.

»Streich ihr über das Fell!«, verlangte das Bucklweibl.

Dann erwachte die Theres. In ihrem Schoß lag ein einzelnes langes, weißes Haar. Sie verwahrte es sorgfältig in einem Anhänger der Kette an ihrem Hals und ging nach Hause. Von nun an war sie kaum mehr müde und hatte wieder genug Kraft, um den Alltag zu bewältigen.

Selbst als sie schon alt war, drehten sich die Jäger noch immer nach ihr um. Doch all die bunten Katzen, die sich immer wieder bei ihr einfanden, hat sie aus dem Haus gejagt. Nur eine weiße Katze mit seidigem Fell war von nun an ihr ständiger Begleiter.

Wissenswertes

Der Wunsch nach ewiger Schönheit und Jugend, der dieser Sage zugrunde liegt, ist wahrscheinlich so alt wie die Menschheit. Auch in diversen Märchen wird dieser Gedanke behandelt.

Die verlorene Welt

Die verlorene Welt

Von der Sorge um die Natur

Eine moderne Sage von Sarah Michaela Orlovský, Ebensee 2021

Nach Jahren des Hungerleidens war unter den Bewohnern von Ebensee am Traunsee ein gewisser Wohlstand eingekehrt. Wer sein täglich Brot ehrlich verdienen wollte, fand Arbeit, die Kinder gingen gern in den Kindergarten und in die Schule, und zum Wochenende hin fand sich immer ein Grund, ausgelassen zu tanzen. Es war eine sorgenlose Zeit.

Die Leute hatten aber nicht nur Hunger und Alltagssorgen vergessen, sie dachten auch immer weniger daran, für all das Sorge zu tragen, was ihnen der Herrgott zum Schutze befohlen hatte.

Ein Mädchen aus der Kohlstatt, das unweit der Glöcklerkapelle am Fuße des Feuerkogels aufgewachsen war, hatte ein besonderes Gespür für Mutter Natur mitbekommen. Tag für Tag streunte es durch den nahen Bergwald und konnte jede Blume und jedes noch so kleine Insekt beim Namen nennen, noch bevor es seinen eigenen Namen schreiben konnte.

Bald fiel ihm auf, dass es im Wald und auf der Wiese Jahr für Jahr etwas leiser summte, dass das Zwitschern der Vögel sich veränderte und die Farbpalette der Schmetterlinge kleiner wurde. Es teilte seine wachsende Sorge mit den Erwachsenen. »Ach, was du dir nur immer einbildest«, bekam es zu hören, und so sagte es nach einiger Zeit nichts mehr.

Das Mädchen wuchs zu einer klugen jungen Frau heran. An einem lustigen Tanzabend trafen sich die Blicke eines jungen Rindbacher Burschen und die des Mädels aus der Kohlstatt. Sofort spürten sie, dass sie etwas Besonderes verband. In der Pfarr-

Rindbachwasserfall – Nach einem heftigen Regen tost hier der Rindbach, begleitet von feinen Sprühnebeln, über die Steinstufen.

kirche zu Ebensee wurde bald darauf Hochzeit gehalten und das junge Glück zog in ein bescheidenes Häuschen in Rindbach.

Jeden Abend nach getaner Arbeit ging das Paar Hand in Hand durch das Rindbachtal und genoss das Schattenspiel der Bäume, das Rauschen des Baches und die Stimmen der Tiere. Ihr Lieblingsort aber war der Rindbachwasserfall, der sie sommers wie winters jeden Tag aufs Neue ob seiner Pracht zum Stauen brachte.

Tag für Tag wurde die junge Frau jedoch betrübter. Erst nachdem ihr Ehemann sie eindringlich darum gebeten hatte, wagte sie es, ihre Sorgen mit ihm zu teilen: »Die Natur verändert sich«, sagte sie traurig, »und niemand scheint es zu bemerken.«

Nun wurde auch der Mann darauf aufmerksam, dass kaum mehr eine Libelle am Bachufer zu sehen war, er schon lange keinen Kauz mehr hatte schreien hören und die Schmetterlinge mit einem Male alle nur noch weiß zu sein schienen.

So saßen die beiden jungen Leute eines Abends nachdenklich auf dem kleinen Bankerl beim Rindbachwasserfall. Da wurden sie einer kleinen, schimmernden Gestalt gewahr, die so plötzlich neben ihnen aufgetaucht war, als wäre sie direkt der Gischt des Wasserfalls entstiegen. Ihr silberglänzendes Haar wellte sich bis fast auf den Boden. Sah man ihr in die Augen, hatte man das Gefühl, in einem tiefen Bergsee zu versinken. Aus der Kehle des seltsamen Wesens perlte ein leises Lachen. Es winkte ihnen zu und war im nächsten Moment schon wieder verschwunden.

Verwundert standen die beiden jungen Leute auf und fanden nach kurzem Suchen einen schmalen Durchschlupf, der sie rechts am Wasserfall vorbei in eine kleine Höhle führte. Von dort gelangten sie auf einen Felsvorsprung hinter dem Wasserfall und weiter auf eine schattige Waldwiese.

Als Erstes fielen ihnen die Schmetterlinge auf: Feuerfalter, Blaukernaugen, Landkärtchen, Bläulinge, Tagpfauenaugen, Perlmuttfalter und Schwalbenschwänze flatterten von Blume zu Blume. Neben dem Wasserfall hatte sich ein tiefes Becken gebildet, in dessen klarem Wasser prächtige Bachforellen standen. Schillernde Libellen – Mosaikjungfern – jagten die Felswände entlang. Ein eindringliches Klopfen machte sie auf einen Schwarzspecht aufmerksam, der seinen Nachwuchs versorgte. Der Schrei einer Sumpfohreule und das Heulen eines Wolfes jagten ihnen angenehme Schauer über den Rücken. Ein Luchsweibchen beobachtete von einem Ast herab jeden ihrer Schritte, und über ihnen kreiste majestätisch ein Seeadler. Dem jungen Paar ging das Herz auf. Sie drückten einander die Hände und standen still vor Glück.

Da tauchte das schillernde Wesen wieder vor ihnen auf. Als es zu ihnen sprach, klangen seine Worte wie Tautropfen, die eine Blüte hinabrollen: »Dies Paradies soll euch ein Zufluchtsort sein.

In mehreren Kaskaden stürzt des Wasser des Rindbachs (in alten Schriften Rynnbach oder Rinnbach) ins Tal.

Sorgt gut für diesen Schatz und erzählt niemandem davon, dann soll das Tor euch und euren Nachkommen stets offen stehen.« Ein kühler Lufthauch streifte die Wangen der beiden jungen Leute, dann waren sie wieder allein. Tief ergriffen machten sie sich auf den Heimweg.

Von nun an führte sie ihr allabendlicher Spaziergang am Wasserfall vorbei tief in die Schlucht hinein. Sie erkundeten die Fledermaushöhlen und Wasserbecken, die Bergwiesen und Waldlichtungen und empfanden große Freude und tiefe Demut angesichts der atemberaubenden Artenvielfalt.

So wurde aus dem jungen Paar ein älteres, in dessen Garten in Rindbach sich nicht nur eine Schar Kinder, sondern auch Schmetterlinge und Wildbienen, Haselmäuse und Feldhamster, Käuze und Singvögel tummelten. Die Wiese rund um das Häuschen wurde zur Verwunderung manches Nachbars nur zwei Mal im Jahr gemäht, und in einer Ecke des Gartens standen dicht an dicht Brennnesseln, an denen sich unzählige Schmetterlingsraupen satt fressen konnten.

Nun trug es sich aber zu, dass eine reiche Tante des Mannes einen Brief schickte. Sie würde der Familie eine große Summe Geldes zukommen lassen und wolle dafür nichts mehr, als einen Sommer lang zu Gast in ihrem Haus in Rindbach zu sein, um den nahen Traunsee und die umliegende Bergwelt genießen zu können. Es bedürfe keiner großen Vorkehrungen, einzig der Rasen rund um das Haus solle gut gemäht sein, und die Tante wolle sich durch keinerlei Getier gestört fühlen, da sie von Gräsern, Blüten und Tierhaaren einen hässlichen Schnupfen bekäme.

Die Eheleute besprachen das Angebot bis tief in die Nacht hinein. Eine Kammer für die Tante herzurichten, das würde sich wohl bewerkstelligen lassen. Die kleineren Kinder konnten in der elterlichen Kammer schlafen, und den älteren würde man eine Bettstatt im Werkzeugschuppen herrichten. Aber die Wiese abzumähen und die Tiere zu vertreiben, das kam für die Frau nicht infrage. Zum ersten Mal gingen die Eheleute schlafen, ohne sich eins zu sein.

Der Mann tat die ganze Nacht kein Auge zu. Ihn lockte das viele Geld, das die Tante in Aussicht gestellt hatte, und so dachte er bei sich: »Die Raupen werden schon woanders etwas zu fressen finden. Auf unsere Wiese kommt es doch nicht an.«

Im Morgengrauen schlich er sich aus dem Haus, holte die Sense, mähte die ganze Wiese und riss alle Brennnesseln mitsamt den Wurzeln aus. Dann trimmte er die Stauden und Sträucher und schnitt sie in eine ansehnliche Form.

Als seine Frau aufwachte und sah, was er getan hatte, wurde sie leichenblass. Eine dunkle Vorahnung wurde ihrer habhaft. Sie band das jüngste Kind in ein Tragetuch und lief so schnell sie ihre Beine trugen zum Rindbachwasserfall. Der Durchschlupf neben dem Wasserfall war jedoch verschwunden. Sosehr sie auch suchte, sie fand ihn nie wieder.

Die Hexen vom Hexenlandl

Die Hexen vom Hexenlandl

Der Sage nach halten wir uns in einem »Hexenlandl« auf, denn in den sieben Häusern[1], die es seinerzeit im Ortsteil Rindbach bei Ebensee gab, wohnten neun Hexen. Einige von denen trieben es gar wild und setzten den Bewohnern arg zu.

Am ärgsten von allen trieb es die Günsenhexe[2], die den Leuten der Gegend nur Spott und Schaden zufügte.

So erzählt man sich, dass sie einmal ihrer Nachbarin die frische Milch in der Kanne verhexte. Die gute Frau war auf dem Weg nach Ebensee, um ihre Milch dort zu verkaufen, denn sie brauchte jeden Pfennig. Als sie die Milch auf dem Markt zum

Blick in das zwischen Erlakogel und Eibenberg gelegene Rindbachtal.

Verkauf anbot, stellte die Bäuerin mit Schrecken fest, dass statt der Milch Blut in der Kanne war. Unverrichteter Dinge musste die Frau wieder nach Hause gehen.

Ein anderes Mal zauberte die Günsenhexe einem vorbeigehenden Bäckermädchen sogar das Gebäck aus dem Korb, und das Mädchen musste von der Bäckerin viel Schelte ertragen.

Niemand war vor der bösen Hexe und ihren Hexenkünsten sicher.

Dies ging so lange, bis eines Tages ein fremder Mann in die Gegend kam, der sich aufs Hexenbannen verstand.

Er machte sich sogleich an die Arbeit und schlang mit einer Zange eine glühende Kette um einen großen Baum. Die Leute staunten über das seltsame Vorgehen des Fremden, und so mancher zweifelte an der Wirksamkeit des Zaubers. Jedoch von diesem Tage an wagten sich die Hexen, auch die Günsenhexe, nicht mehr aus dem Haus, denn sie hatten allesamt schreckliche Brandmale in Form einer Kette im Gesicht.

Wissenswertes

[1] Die »sieben« Häuser sind nicht wörtlich zu nehmen. Sieben gilt in vielen Bereichen als eine besondere Zahl: 7 Sakramente, 7 Todsünden, 7 Wochentage, 7 Weltwunder, 7 Tore von Theben, 7 Zwerge …

[2] Günsenhexe: schrill schreiende Hexe, besonders böse.

Aus Ebensee sind keine Hexenverfolgung, keine Hexenverbrennung, kein Hexenprozess überliefert.

Sagenweg 2
Kalvarienberg

Der Traunreiter zur Heiligen Nacht

Das Zwergenweiblein

Der Katzenwoferl – zwei überlieferte Fassungen

Die Teufelsschmiede zu Ebensee

Sagenweg 2 · Kalvarienberg

Der Traunreiter in der Heiligen Nacht

Der Traunreiter zur Heiligen Nacht

Es war einst ein sehr kalter Wintertag. Über dem Wasser der Traun stand der weiße Rauch wie Atem. Der Schnee knirschte unter den Tritten des Mannes, in dessen Bart sich winzige Eiszapfen gebildet hatten.

Der Traunreiter hatte einen langen, schweren Tag hinter sich, aber es drängte ihn nicht sonderlich heimzukommen. Er fürchtete sich fast davor, denn seine Frau war krank, und bevor er fortgegangen war, hatte er sie gröblich beleidigt, weil sie ihn nicht recht versorgt hatte. Jetzt tat es ihm jedoch leid, dass er sie so beschimpft hatte – aber was half's? Er wusste genau, dass er ihr auch heute wieder kein gutes Wort gönnen würde, weil ihr weinerliches Getue ihn geradezu herausforderte.

Er führte seinen Gaul am Zügel, denn die Gasse war sehr eng und rutschig. Auch der Gaul war müde. Plötzlich wieherte er hell auf. Es klang wie ein fröhlicher Ruf durch die stille Nacht. Was hatte er nur? Der Traunreiter sah auf. Über den dunklen Bergen stand der mit Sternen übersäte Himmel, und vom Sonnstein her zog eine Sternschnuppe ihren Weg nach Osten.

»Was wissen wir schon von den Sternen?«, murmelte der Mann bedrückt und setzte dann nachdenklich hinzu: »Was wissen wir überhaupt? Was wissen wir von denen, die neben uns und mit uns leben? Was wissen wir von Gott?«

Er schritt eiliger voran, als habe er Versäumtes nachzuholen. Plötzlich hielt er an. Jemand sang! Er wusste nicht, woher die Stimme kam. Niemand war in der Gasse zu sehen, und doch konnten die Frau oder das Mädchen nicht weit weg sein. Sie

Winterliche Morgenstimmung in Ebensee mit Blick auf die von 1726 bis 1729 im Barockstil errichtete katholische Pfarrkirche.

sang: »Christ ist geboren, darüber woll'n wir froh sein …« Dem Traunreiter wurde fast unheimlich zumute.

Auf einmal wusste er, dass die Stimme aus dem Gefängnis kam, an dem er gerade vorbeiging. Ohne es eigentlich zu wollen, trat er zu dem winzigen Atemloch in der Mauer. Er konnte natürlich nichts sehen, aber spürte die Nähe eines anderen Menschen, und die Stimme der Sängerin war auch wieder da: »Christ ist geboren, Halleluja!«

»Wie kannst du dich freuen, wo du doch in einer finsteren Zelle hockst und sicher hungerst und frierst?«, fragte der Traunreiter neugierig. Sofort kam die Antwort: »Jetzt freue ich mich, weil du mit mir sprichst. Es gibt immer etwas, worüber man sich freuen kann, selbst wenn man hungert und friert.«

Blick ins Trauntal (von der Rudolfsbrücke im Ortsteil Steinkogl) Richtung Ebensee.

Der Mann griff nach einem Stück Brot, welches er in der Satteltasche aufbewahrt hatte, und schob es durch das Atemloch. Er spürte, dass eine Hand nach dem Brot griff, aber er konnte sie nicht sehen. »Dank dir!«, flüsterte die Stimme, und schon wollte der Mann weitergehen. Da hielt ihn die Stimme zurück: »Du bist traurig, sag mir warum?«

»Ach«, brummte der Mann und wusste selbst nicht, warum er der Gefangenen Auskunft gab, während der Gaul den Kopf an seinem Ärmel rieb. »Ich habe eine kranke Frau … und ich hab' sie gekränkt. Das wurmt mich! Es wäre besser, ich hätte mehr Geduld mit ihr.« »Du wirst die Geduld lernen, wenn du wirklich willst«, sagte die Stimme.

»Gib ihr ein gutes Wort, wenn du heimkommst! Sie wird sich darüber freuen, und du wirst dich dann auch wieder freuen können. Du brauchst ihr nur ein bisschen Liebe zu schenken. Könnte ich dir das Weihnachtslied mitgeben, dann wäre alles wieder gut.«

Der Gaul hob mit einem Ruck den Kopf, auch der Mann schaute die Gasse hinauf. Da kam ein Kind mit bloßen Füßen über den schneebedeckten Weg daher, aber trotzdem leuchtete sein Gesicht. Es trug in der Hand ein Licht, dessen Schein über die Wände hochleuchtete, sodass die Gasse wie eine enge Schlucht aussah. Kein Lufthauch bewegte die Flamme. Es war eine strahlende Helligkeit im Schnee und an den Mauern. Das Kind trat ohne Zögern auf den Mann zu und reichte ihm das Licht. Er nahm es und stellte es behutsam in die Mauerspalte, die das Atemloch der Gefängniszelle war.

Der Traunreiter konnte die Frau nicht sehen, hörte aber, was sie sagte: »Das ist dein Weihnachtslicht. Du kannst es immer wieder verschenken. Solange du an andere Menschen denkst und darüber dich selbst vergisst, wird es nicht erlöschen.«

Das Licht verschwand, aber in der Gasse und im Herzen des Mannes blieb es eigentümlich hell. Das Kind war verschwunden und nichts rührte sich mehr.

Das Pferd wieherte ganz leise. Da wandte sich der Mann nachdenklich zum Gehen. Als er heimkam und mit freundlichem Gruß seine Frau umarmte, war alles gut und alle waren zufrieden.

Am nächsten Tag fragte der Traunreiter, wer denn eigentlich im Gefängnis säße. Es wurde ihm geantwortet, dass das Gefängnis schon seit Wochen leer stehe.

Wissenswertes

Angeblich gab es in der »Ross-Stall-Gasse«, heute »Traunreitergasse«, einen »Gemeindekotter« (Gemeindegefängnis).

Die Traunreiter zogen mit ihren Rossen die Salzzillen flussaufwärts. Da sie jeden Tag unzählige Hindernisse in der Traun zu überwinden hatten, waren sie für ihr Fluchen und Schelten bekannt. Es herrschte ein rauer Umgangston, deshalb waren die Traunreiter bei den »gottesfürchtigen« Leuten nicht sehr angesehen.

Das Zwergenweiblein

Das »Berighaus« auf dem heutigen Kalvarienberg in Ebensee war früher, bevor es in Ebensee eine Saline gab, eine Mühle, die die »Schöffwerker«, jene Schiffleute, die mit den Schiffen das Salz transportierten, mit Mehl zu versorgen hatte.

Die Müllersleute vermochten die viele Arbeit kaum mehr zu bewältigen, konnten sich aber wegen der Schuldenlast, die auf dem Haus war, keine Dienstboten »verzahlen« (leisten).

Die Müllerin rief eines Tages in ihrer Verzweiflung: »Wån i netta wen zan helfn hätt, i kåns schier nimma damåcha!« (Mundartübersetzung: »Wenn ich nur jemanden zum Helfen hätte, ich schaffe es kaum noch!«) Da hörte sie aus der Küche ein Geräusch und ging nachschauen. Ein kleines Weiblein, nicht größer als ein Zwerg, arbeitete ebendort flink und fleißig. Auf alle Fragen blinzelte und lächelte es die Müllerin nur freundlich an.

Nun meinte die Frau, der Müller habe das Weiblein aufgenommen. Aber auch er wusste nicht, woher das Zwergweibl gekommen war. Da die Fremde eine willige und äußerst fleißige Helferin war, ließ man sie im Haushalt schalten und walten. Abends verschwand sie beim Gebetläuten und morgens war sie wieder da. Das Essen, das man ihr hinstellte, rührte sie erst an, wenn sie in der Stube allein gelassen wurde.

Eines Morgens half das Zwergweibl der Müllerin beim Teiganmachen. Plötzlich sah ein zweites Weibl zur offenen Tür herein und rief: »Uschele, Uschele, d'Ahnfrau is gstorb'n!« Daraufhin stellte das Zwergweibl sogleich die Teigschüssel weg und lief zur Tür hinaus. Seither wurde es nie mehr gesehen.

Wissenswertes

Oberhalb von Ebensee liegen – über 400 steinerne Stufen zu erreichen – die Kalvarienbergkapelle (1779 erbaut) und das »Berighaus«.

Diese Sage erinnert an die »Heinzelmännchen«. Solche Sagen gibt es im gesamten deutschen Sprachraum.

Unter anderem existiert eine ähnliche Sage von den »Bergmandln« im nahe gelegenen Almtal.

In Ebensee und anderen Orten des Salzkammerguts gab es viele Getreidemühlen. Die Bewohner konnten das Getreide beim Amtmann erwerben und mussten es selbst mahlen lassen.

Ob das »Bergcalvariehaus« (wie es in alten Verzeichnissen aufscheint: »Hofnamen und Häusergeschichte« – Doris maps Oberösterreich aus dem 18. Jhdt.) oder »Berighaus« (wie es heute genannt wird) eine Mühle war, ist nicht belegt. Gesichert ist jedoch, dass hier 1690 eine hölzerne Kapelle stand.

Nach der Errichtung des heutigen Kalvarienbergkirchleins 1779 wurde anstelle der alten Kapelle ein »Mesnerhäusl« errichtet. Zu Beginn des 20. Jahrhunderts war das Berighaus bis zu seiner Schließung 1984 das beliebte Gasthaus »Zur schönen Aussicht«.

Gleich unterhalb steht die renovierte Kalvarienbergkirche. Ein Besuch lohnt sich. Den Ausblick von dort über den Ort Ebensee und den Traunsee mit der beeindruckenden Bergkulisse sollte man sich nicht entgehen lassen.

Der Katzenwoferl

Der Katzenwoferl hauste in seiner Klause am Berg und kam nur ins Tal, wenn er seinen Buckelsack voll Kräuter zur Taverne »Zur Post« trug. In der Küche der Taverne bekam er stets eine warme Suppe vorgesetzt, die er langsam und bedächtig aß, als wolle er jeden Löffel besonders genießen.

Warum hauste der Woferl in der Einsamkeit? Warum mieden ihn die Kinder und warum war er bei manchen als Hexenmeister verschrien? Nun: Die Geschichte vom Katzenwoferl beginnt nicht in der Einsiedelei, sie endet dort.

Der Woferl war in seiner Jugend ein verwegener Kerl, ein ziemlicher Draufgänger. Er gehörte zu denen, die gerne dem Wild nachstellten, auch wenn sie kein Recht dazu hatten. Er hielt es überhaupt nicht so genau mit dem Recht, und so kam es, dass er schließlich in die Fänge der rothaarigen Hexe Kunigunde geriet.

Die Kunigunde konnte allerlei Tränklein brauen, dem einen zum Heil und dem anderen zum Verderben. Sie verstand sich auf die heimischen Kräuter wie keine andere in der Gegend. Heimlich schlichen die Männer zu ihr, wenn sie einen Liebestrank brauchten, und die Frauen klopften nur verstohlen an ihr Fenster, wenn sie um eine Salbe baten.

Der Woferl lernte bei ihr alles, was die Hexe wusste. Bald konnte er den Absud von Fingerhut und Bockskraut ebenso gut zubereiten wie seine Lehrmeisterin. Sie führte ihn nun zu den wilden nächtlichen Tänzen, bei denen sich die Hexen und ihre Meister trafen.

War der Woferl anfangs ein wenig scheu, so tat er doch bald munter bei allen Vergnügungen mit. Das ging eine geraume Zeit

Versteckt im Wald des Kalvarienbergs liegt auf einer kleinen Lichtung die »Katzenwoferlklause«. Dort soll der Katzenwoferl als Einsiedler gelebt haben.

so. Einmal bemerkte aber der Woferl ein kläglich miauendes Kätzchen unter den Füßen der Tanzenden. Er hob das Tier auf und hielt es Kunigunde vor die Nase, damit sie es heile. Die rote Hexe hatte aber keine Lust dazu. Sie schleuderte das Kätzchen von sich, sodass es vor die Beine eines Hexenmeisters fiel, der es mit satanischem Grinsen zu Tode trampelte.

Der Woferl stand zuerst ganz erstarrt. Dann schlug er wutentbrannt der Hexe ins Gesicht und schrie: »Alles Leben ist heilig!« Im selben Augenblick gab es einen gewaltigen Donnerschlag und der ganze Spuk der nächtlichen Tanzerei war verschwunden.

Woferl wanderte langsam dem Ort zu. Dort herrschte große Aufregung: Die rothaarige Hexe lag tot auf der Straße. Über ihre Wange zogen sich fünf blutige Spuren, als habe sie eine Riesenkatze zerkratzt.

Man fasste den Woferl, verhörte ihn und sperrte ihn schließlich ein. Er hatte zugegeben, dass er mit Kunigunde Zauberei getrieben hatte. Jahrelang saß er hinter Gefängnismauern, und als man ihn endlich frei ließ, mochte er nichts mehr von den Menschen wissen. Er zog sich in die Berge und Wälder zurück und baute sich eine Einsiedelei, in der er mit seinen Katzen hauste, denn mit den Katzen war und blieb er gut Freund.

Eine Katze hatte ihn zwar ins Unglück gestürzt, aber sie hatte ihn auch aus den Banden des Bösen befreit.

Wissenswertes

Die Taverne bzw. das Leutgebhaus »Zur Post« ist die älteste Gaststätte von Ebensee. Der erste Besitzer ist 1526 urkundlich erwähnt. Das Gebäude befand sich ursprünglich am Seeufer (Trauneck 5) und musste 1604 für den Salinenbau weichen. Die Taverne diente zur Versorgung der Schiffleute, Traunreiter (Salztransport) und der Pilger nach St. Wolfgang.

Heute befindet sich das Hotel Post an der Ecke Hauptstraße/Wirtsmüllergasse.

Der Katzenwoferl oder Kotzenwoferl

Als es in Ebensee noch keine Kirche gab, fuhren die Leute zum Gottesdienst nach Traunkirchen. Sie mussten über den See rudern, denn es gab damals auch keine Straße. Sie errichteten sich in der »Låmbå« einen Kalvarienberg, der bald viel besucht war.

Auf dem Weg zur »Katzenwoferlklause« führt eine Abzweigung zu diesem herrlichen Aussichtspunkt mit Blick über Ebensee und den Traunsee.

Auf der Höhe stand eine Holzkapelle mit einer Kreuzigungsgruppe und gleich daneben eine kleinere Kapelle mit der »Schmerzhaften Mutter«.

Besonders gerne betete hier der Katzen- oder Kotzenwoferl. War er dabei allein, so hielt er mit der Muttergottes laut andächtige Zwiesprache. Er hauste in einer kleinen Klause auf einer Wiese im Wald nahe der Kohlstatt und beschäftigte sich mit Korbflechten, Besenbinden und Kräutersammeln. Er soll auch Katzen gehalten haben, damit ihm nicht die Mäuse seine kargen, harten Brotrinden schmälerten. Der Woferl war von untersetzter Gestalt und trug stets einen einfachen Kittel aus grobem Wollstoff, »Kotzen« genannt.

Das Leutgebhaus[1] zu Ebensee war damals Raststätte für die Reisenden, die von und nach Gmunden über den See fuhren. Die wohlhabende Wirtin, die gute »Frau Koch«, war eine wohlwollende Arbeitgeberin. Sie sorgte wie eine Mutter für ihre Dienstboten und ließ den Armen ihr Häferl Suppe und manch gutes Bröckerl Fleisch zukommen. Auch der Katzenwoferl durfte sich sein Essen hier holen.

Als Frau Koch schwer krank wurde, schüttelte der Bader (Volksheiler) nur bedenklich den Kopf. Woferl betete eifrig in der Kapelle für seine Wohltäterin zur »Schmerzhaften Mutter« und ging dann um seine Suppe. In der Küche sagte er zu den bekümmerten Leuten: »Vergelt's Gott! Nur nit verzag'n, d'Frau wird schon wieder g'sund!« Und so geschah es auch.

Dies wiederholte sich mehrmals, und immer traf seine Vorhersage ein. Die Leute meinten, er bewirke es mit Wenden[2] und belauschten ihn deshalb in der Kapelle. Sie hörten den Woferl aber nur beten und die Muttergottes anbetteln, sie möge bei ihrem Sohn Fürsprache leisten, »dass er die gnädi' Frau Koch gesund wern låsst!«.

Als die Frau wenig später wiederum schwer erkrankte, betete er abermals fleißig in der Kapelle. Nachdem er jedoch in der Küche um seine Suppe gebeten hatte und wieder gefragt wurde, fügte er seinem »Vergelt's Gott« nur bei: »Wie's unser Herrgott will!«.

Vier Tage später starb Frau Koch.

Wissenswertes

Auf dem Bild in der Klause steht, dass Woferl 1694 geboren wurde und 1746 gestorben ist. Er liegt auf dem alten Friedhof neben der Kirche begraben. Sein Leichnam soll nicht verwest sein.

[1] Das Leutgebhaus ist ein Gasthaus, denn dort wird LEUTen zu essen und zu trinken geGEBen.

[2] »Wenden« = Unheil abwenden: In früheren Zeiten gingen und auch heute noch gehen manchmal die Leute mit ihren Wehwehchen zur »Wenderin« (gesprochen: Wenterin) oder zum »Wender«. So wurden zum Beispiel Warzen »g'wendt«. Dafür gab und gibt es die unterschiedlichsten »Rezepte«, die zumeist auch noch bei Vollmond angewendet werden müssen.

Die Teufelsschmiede zu Ebensee neu

Die Teufelsschmiede zu Ebensee

Im Ortsteil Oberlangbath im Salinenort Ebensee lebten und arbeiteten drei junge Burschen bei einem Schmied. Sie waren sehr übermütig und für jeden Spaß oder Unsinn zu haben.

Eines Tages fanden die drei Schmiedegesellen in der hintersten Ecke einer alten Hütte in der Nähe der Schmiedewerkstatt ein in dickes Leder gebundenes Buch. Neugierig öffneten sie es und begannen darin zu blättern.

Schon nach kurzer Zeit war ihnen klar geworden, dass dies ein besonderes Buch sein musste, ein Zauberbuch, mit dem man allerlei Gesindel und auch den Teufel beschwören könnte. Voll Übermut beschlossen sie, es zu wagen. Die drei Burschen wollten den Zauberspruch gemeinsam lesen.

So begannen die drei Schmiedegesellen langsam und mit tiefer Stimme zu lesen. Es erhob sich ein Getöse und Gepolter. Der Boden erzitterte. Schwefelgeruch lag in der Luft. Sie hatten den Teufel beschworen.

Als dieser aber in grässlicher Gestalt erschienen war, wussten sie nicht, was sie tun sollten. Dafür, den Spruch rückwärts zu lesen und so den Teufel wieder zu bannen, war es zu spät.

Niemand konnte nun die Schmiede betreten, denn der Teufel hatte sich dort eingenistet.

In ihrer Not riefen sie den Pfarrer zu Hilfe. Dieser konnte allerdings nichts ausrichten, denn er war nicht reinen Herzens. Der Teufel wusste etwas über ihn und warf ihm allerlei Verfehlungen vor.

Schließlich wurde aus dem nahen Traunkirchen ein junger Geistlicher geholt, der ohne Fehler war. Ihm gelang es, den Teufel mit Weihwasser zu verjagen.

Das Haus Oberlangbath 37, errichtet 1646, war bis 1880 im Besitz der Hofschmiedemeisterfamilie Reisenbichler. Seit 1880 ist es ein Gasthaus (Gasthof Himmel).

Die drei Burschen aber erkrankten schwer. Sie litten an einer unheilbaren Krankheit und konnten nicht mehr gerettet werden.

Wissenswertes

Die Hofschmiede, der Schauplatz der Sage, stand dort, wo sich heute noch die Hofschmiedgasse befindet. Der Hofschmied bewohnte das Haus gleich oberhalb der Schmiede (heute: Gasthof Himmel). Diese Schmiede war bedeutend für das gesamte Kammergut und darüber hinaus. Zum Bewegen der schweren Schmiedehämmer wurde Wasserkraft eingesetzt. Zum Beheizen der Esse (Feuerstelle) wurde Holzkohle verwendet, die in der nahen »Kohlstatt« hergestellt wurde.

Entlang des Langbathbachs (Lambatbachs) gab es zahlreiche Betriebe, so auch die Hofschmiede und die Wirtsmüllnerschmiede. Der »Fluder« ist heute noch zu sehen. An seinem Verlauf standen mehrere

Alte Ansicht der Hofschmiede mit der Zehentleitnermühle nach einem Gemälde (Meister unbekannt) – auf Keramik von Josef Loidl.

Betriebe: Säge- und Getreidemühlen. Mit Wasserkraft wurde jenes Holz zersägt, das zum Bootsbau und zur Schaffung von Wohnraum benötigt wurde. Das Getreide, das vom Salzamt für die Bevölkerung beschafft wurde, wurde in den Getreidemühlen verarbeitet.

Erwähnt werden sollte die Zehentleitnermühle, vormals Mayrhofermühle, die oberhalb der Hofschmiede 1623 errichtet wurde und der Herrschaft Wildenstein unterstand. Noch heute wird dort ein Wasserrad durch den Bach angetrieben. Es erzeugt Strom, der unter anderem ins öffentliche Stromnetz eingespeist wird.

Die Traun mit dem Kalvarienberg – Blick in Richtung Bad Ischl.

Sagenweg 3

Kohlstatt und Feuerkogel

Die Steinwandkapelle

Vom Moosmandl – *Erzählung von Ursula Rohrweck*

Die Zwerge im Höllengebirge

Sagenweg 3 · Feuerkogel, Kohlstatt

Die Steinwandkapelle

Es war Winter, die Luft klirrend kalt, vom Sattel (Feuerkogel) glänzte der Schnee und es dämmerte bereits. Spiegelglatt und blau schimmernd lag der Langbathsee da. Tief drinnen bei den Bergen, dort, wo das Tal endet, hörte man einen Schuss, dessen Echo weithin zu vernehmen war.

Der Jäger sah auf und blickte seine Kameraden an. »Da drinnen ist er also heute, der Wilderer«, stellte er fest. »Wir müssen uns beeilen, damit wir ihn auf frischer Tat erwischen. Heute kriegen wir ihn. Vorwärts, Leute!«

Der Jäger überlegte, wie am besten vorzugehen wäre, um den Wilderer, der schon so lange sein Unwesen trieb, endlich zu schnappen. Er wollte ihn bis zum Ende des Tales verfolgen und dann heraustreiben. Die Kameraden des Jägers sollten draußen in der Talenge auf den Wilderer warten. Er musste diesen Weg herunterkommen, denn es blieb ihm kein anderer Ausweg.

Der Rupert jedoch kniete währenddessen am Waldesrand und betrachtete den eben getöteten Bock.

Plötzlich sah er auf. Hatte er etwas gehört? Stets auf der Hut spürte der Wilderer nun die drohende Gefahr und lauschte auf jedes noch so leise Geräusch. Kaum vernehmbar knackste es im Unterholz. Das war kein Tier, das konnte nur der Jäger sein, der ihm schon lange auf den Fersen gewesen war. Rupert ergriff seine Büchse und zog sich vorsichtig in das Dunkel des dichten Waldes zurück.

Der Jäger war ihm bereits sehr nahe gekommen und entdeckte auf der Lichtung den frisch erlegten Bock. Im Zorn ballte er die Faust und knirschte mit den Zähnen. Sogleich nahmen der Jäger und seine Helfer die Verfolgung des Wilderers auf, dessen

Die Steinwandkapelle wurde 1801 zunächst aus Holz errichtet. Sie trotzte zwei großen Hochwassern, was von der Bevölkerung als »wundersam« wahrgenommen wurde.

Spur im feuchten Gras deutlich zu erkennen war. Nun wurde der Wilderer selbst wie ein Tier gejagt. Seine Verfolger trieben ihn hinauf und hinunter, über Wiesen und durch den dichten Wald.

Den ganzen Tag waren die Jäger hinter dem Wilderer her, doch Rupert war ein zäher, kräftiger Bursche. Nur selten rastete er. Der Schweiß rann ihm über das Gesicht, und der Ruß, den er sich zur Tarnung ins Gesicht geschmiert hatte, verwischte sich. Rupert spürte die Treiber ständig hinter sich. Es waren vier oder fünf Männer, das hatte er bald erkannt.

Zu Beginn der wilden Jagd konnte Rupert noch fluchen, doch als es immer später gegen Abend zuging, wurden aus seinen

Flüchen schließlich verzweifelte Gebete. Er dachte an seine Frau, die krank zu Hause lag und Hilfe brauchte, und an seine Kinder, die auf ihren Vater warteten. So schickte er in seiner Not ein weiteres Stoßgebet gegen den Himmel: »Oh heilige Maria, hilf mir doch!« Dies wiederholte er mehrere Male inbrünstig.

Schließlich kam er auf jene Brücke zu, wo die ersten bewohnten Häuser standen. Da erklangen vom Kirchturm her die Glocken, die zum Vespergebet[1] riefen. Rupert glaubte schon gerettet zu sein, als er plötzlich das schneidende »Halt!« eines Jägergesellen, der aus seinem Versteck hervorgesprungen war, hörte. Rupert begann um sein Leben zu laufen. Er war von der langen Verfolgungsjagd schon ganz außer Atem, fühlte sich schwach und musste sich eingestehen, dass er fast nicht mehr weiterkonnte.

»Jetzt ist's aus, ich kann nicht mehr«, dachte er und rief ein weiteres Mal die Gottesmutter an: »Maria, hilf mir!«

Wie durch ein Wunder entdeckte er zu seiner linken Seite eine schmale Felsspalte. Rupert schlüpfte hinein und konnte nun zusehen, wie die Jagdgesellen an seinem Versteck vorbeiliefen. Er hielt den Atem an und blieb starr vor Angst in der Spalte versteckt.

Mit Entsetzen musste er bemerken, dass die Jagdgesellen suchend zurückkamen. Sie blieben direkt vor der Felsspalte stehen und einer sagte zu den anderen: »Hier kann er nicht sein. Das Loch wäre viel zu klein und die Spinne hat es außerdem mit einem Netz überzogen. Wäre er drinnen, wäre das Netz zerrissen.«

Rupert gelobte in diesem Moment, der heiligen Maria hier eine Kapelle zu erbauen und nie wieder wildern zu gehen, wenn er aus dieser Notlage heil herauskäme.

Nach geraumer Zeit gaben die Jäger schließlich die Suche auf und gingen ins Dorf zurück, ohne den Wilderer gefunden zu haben.

Rupert aber hielt sein Versprechen und erbaute 1801 an der Stelle, an der er gerettet worden war, eine Kapelle: die Steinwandkapelle.

Wissenswertes

[1] Das Vespergebet ist das Abendgebet.

Auch heute noch wird nach alter Tradition eine Prozession zur Steinwandkapelle durchgeführt. Traditionell nehmen die Erstkommunionkinder, die Mädchen im weißen Kleid, an der Prozession teil.

Zur Steinwandkapelle gibt es ein Gedicht aus dem Jahr 1900, geschrieben vom damaligen Volksschuldirektor Julius Stainer:

> ***Stoawend***
> *Wer d'Låmbå no woas und wer d'Låmbå no kennt,*
> *Soll kenna d'Kapelln a, dö d'Stoawend wird g'nennt.*
> *Sie steht neb'n Weg, der in d'Låmbå-Seen führt;*
> *Gåd neb'n rinnt da Låmbå, wo's Halholz g'schwemmt wird.*

In den weiteren acht Strophen des Gedichts wird die Gründungssage der Kapelle erzählt.

Vom Moosmandl

Erzählung von Ursula Rohrweck, Ebensee 2021

In Ebensee im Ortsteil Kohlstatt lebten einst viele Köhler mit ihren Familien in ärmlichen Verhältnissen. In mühevoller Arbeit erzeugten sie Holzkohle aus dem Holz der umliegenden Wälder für die Schmiede und die Bewohner von Ebensee.

Eines Tages waren die beiden Köhler Sepp und Hias mit einer Holzfuhre vom Langbathsee Richtung Ebensee unterwegs. Die großen Norikerpferde waren schon sehr erschöpft, denn an diesem Tag war es bereits die zweite Fuhre, die in die Kohlstatt gebracht wurde. Der Amtmann hatte dringend neue Holzkohle angefordert, damit die Hofschmiede nicht zum Stillstand komme.

Ein Moosmandl

Die beiden Köhler gingen neben der Fuhre her und berieten sich, wie sie denn vorgehen wollten, damit die geforderte Menge Holzkohle möglichst rasch geliefert werden konnte. Es war sehr wichtig, die Herren nicht zu vergrämen, denn das Einkommen war ohnedies sehr gering.

Sepp hustete und meinte: »I muass båld amoi zu da Kreitelbärbl! Mei Huastn wiad net guat und i kånn net g'scheit årwatn. Mei Frau kriagt insa viat's Kind und i woaß net, wia i mei Famüli dahålt'n soi, wånn i net g'sund wia.« Hias antwortete: »Jå, tua des! Es is hålt net g'sund, ållwei in den Ruck und Qualm zan steh'n!« (Mundartübersetzung: Sepp hustete und meinte: »Ich muss bald einmal zur Kräuterbärbel! Mein Husten wird nicht gut und ich kann nicht ordentlich arbeiten. Meine Frau bekommt unser viertes Kind und ich weiß nicht, wie ich meine Familie ernähren soll, wenn ich nicht gesund werde.« Hias antwortete: »Ja, tu das! Es ist nicht gesund, immer im Rauch und Qualm zu stehen!«)

Als die beiden Männer der Kohlstatt in Ebensee näher kamen, wollten sie noch Gråssat (Fichtenreisig) und Mias (Moos) mitnehmen, um die Holzkohlenmeiler abdecken zu können. Deshalb ließen sie das Gespann stehen und schritten eilig in den Wald hinein. Sie mussten nicht weit gehen, da kamen sie an eine Lichtung. Eine große Wiese, umgeben von vielen Steinblöcken, überwuchert von Moos, lag vor ihnen. Von den umstehenden Fichten würden sie das Reisig schneiden.

Eifrig machten sie sich an die Arbeit und füllten die mitgebrachten Jutesäcke mit Mias und Gråssat.

Ein Rauschen ging durch die Äste der Fichten und Buchen und mit einem Schlag wurde es ganz still. Kein Vogelgezwitscher war mehr zu hören. Es roch erdig nach Moos und Fichtennadeln wie nach einem Regen. Plötzlich stand ein kleines hutzeliges Männchen vor ihnen. Die Gestalt war kaum größer als ein Kind. Das Männchen hatte einen langen, zotteligen, grünen Bart, eine dicke Knollennase, und anstelle der Haare wuchs Moos auf seinem Kopf. Die Kleidung bestand aus Rindenschorf. An den Füßen trug das Männchen Schuhe aus geflochtenem Gras.

Erschrocken hielten die beiden Köhler inne und starrten auf die seltsame Erscheinung.

Aus kleinen dunklen Knopfaugen musterte das Männchen die Männer. Es hob die Hand und sprach mit seltsam weicher Stimme: »Liebe Köhler, i bitt, nehmt's kein Mias und Gråssat mehr mit! Låsst's mir das Mein, soll euer Schåd'n nicht sein!«

Der Sepp hatte sich als Erster von seinem Schrecken erholt und antwortete: »Liab's Mandl, mia brauchan des Mias und des Gråssat zun Lebm! Wia soin ma denn die Hoizkoin mâcha ohne Mias und Gråssat?« (Mundartübersetzung: »Liebes Männlein, wir brauchen das Moos und das Fichtenreisig zum Leben! Wie sollen wir sonst die Holzkohle erzeugen – ohne Moos und Fichtenreisig?«)

Das Männlein antwortete und mahnte eindringlich: »Ich bin das Moosmandl, der Hüter der Wiese und des Waldes hier. Wenn ihr so weitermacht, wird bald nichts mehr da sein. Geht heim und es wird euer Schaden nicht sein!« Dann verschwand das Mandl so schnell, wie es gekommen war.

Die beiden Köhler überlegten, was zu tun sei, und beschlossen, es für den Tag bleiben zu lassen.

Auf dem Heimweg meinten sie, dass die Säcke immer schwerer wurden. Und wirklich staunten die beiden in den nächsten Tagen nicht schlecht. Immer wenn sie glaubten, sie hätten alles Moos und Fichtenreisig aufgebraucht, waren die Säcke auf wundersame Weise wieder gefüllt. So wurden bei den Köhlern das Mias und das Gråssat nie knapp.

»Des håt des Mandl tån!«, waren sich die beiden Köhler sicher. Sie erzählten jedoch niemandem von ihrer sonderbaren Begegnung. Auch die Arbeit ging ihnen fortan gut von der Hand, sodass sie zu bescheidenem Wohlstand kamen.

Wissenswertes

Zum Beheizen der großen Sudpfannen in der Saline Ebensee wurden Unmengen von Holz und für die Essen (Feuerstellen der Schmiede) auch Holzkohle gebraucht. Daher waren die wichtigsten Berufe jene der Holzknechte und der Köhler. Eine Anstellung beim Salzamt war heiß begehrt, da es den Familien ein gesichertes, wenn auch kleines Einkommen ermöglichte. Die Arbeit war schwer und gefährlich.

Viele Familien hatten zu ihrer Absicherung auch ein kleines »Sacherl«, einen kleinen Bauernhof. Sie hielten eine Ziege oder eine Kuh und Hühner. Der Anbau von Getreide war in Ebensee wegen des Klimas und der Beschaffenheit der Böden kaum möglich.

Die Köhler errichteten ihre Kohlenmeiler nahe der Wälder am Fuß des Feuerkogels. Dieser Ortsteil von Ebensee heißt heute noch »Kohlstatt«.

Tipp: Für weitere Informationen besuchen Sie am besten das Museum Ebensee: *https://www.museumebensee.at/*

Die Zwerge im Höllengebirge

Ein Jäger verfolgte einmal einen Adler weit hinauf in die Felsen. In seinem Jagdfieber hatte er nicht bemerkt, dass Gewitterwolken aufgezogen waren. Plötzlich ließ ihn ein grollender Donnerschlag zusammenzucken. Schleunigst suchte er einen Unterstand und entdeckte zwischen zwei Felsen einen kleinen Spalt, durch den er sich zwängte.

Er blickte sich um und erkannte, dass er sich in einer Höhle befand. Ein winziges Männchen mit uraltem Gesicht und freundlichen Augen stand vor ihm. »Willkommen in unserem Reich«, sagte der Zwerg.

Als sich der Jäger für sein Eindringen entschuldigte, erwiderte der kleine Mann: »Keine Ursache, aber wenn du schon hier bist, könntest du mir den Schlüssel reichen, der da oben auf dem Stein liegt.« Der Jäger tastete die Wand ab, bis er einen Gegenstand aus Metall erspürte, den er dem Zwerg reichte.

Als Dank für seine Hilfe gab ihm der Zwerg einen schönen Kristall und sagte: »Von nun an wirst du auf alle Fragen eine Antwort wissen, dein Geldbeutel wird nie leer sein. Der Kristall wird dir auch zeigen, was unter der Erde liegt. Aber hüte dich, einem Menschen zu verraten, wer dir diesen Stein gegeben hat!« Der Jäger bedankte sich und machte sich sogleich auf den Heimweg.

Der Zwerg hatte ihm nicht zu viel versprochen. Von nun an waren seine Taschen immer gefüllt. Bald war er im ganzen Land bekannt, da er im weiten Umkreis außerdem der gescheiteste Mensch war. Der Jäger baute sich ein Haus aus Gold und lebte wie ein Fürst.

Eines Tages hielt er um die Hand der schönen Nachbarstochter an. Er war so verliebt, dass er nicht bemerkte, wie böse seine

Blick auf das Höllengebirge von der gegenüberliegenden Seite unterhalb des Fahrnaugupfs. Dort führt eine beliebte Mountainbikeroute zur Hochsteinalm.

Frau war. Sie quälte die Dienstboten und ließ auf alle Bittsteller, die von der Freigiebigkeit ihres Mannes gehört hatten, Hunde hetzen. Ihr einziges Ziel war es, dem geheimnisvollen Kristall auf die Spur zu kommen.

Eines Tages gelang es ihr schließlich, ihrem Mann das Geheimnis zu entlocken. Doch kaum hatte er von dem Zwerg erzählt, erhob sich ein furchtbares Grollen. Felsblöcke stürzten herab und begruben das Haus samt der hartherzigen Frau. Der Jäger konnte sich retten, war aber von nun an wieder ein armer Mann.

Später versuchten viele Menschen den Kristall zu finden. Die Zwerge hatten ihn jedoch nun in drei Teile gespalten. Wer einen Teil findet, wird ein kluger, der andere ein reicher Mann, und wer den dritten Teil findet, kann die edlen Metalle tief in der Erde sehen. Die weisen Zwerge hatten nämlich erkannt, dass der menschliche Geist nicht groß genug für alle drei Gaben zugleich ist.

Abendstimmung auf dem Feuerkogel mit Blick Richtung Alberfeldkogel.

Wissenswertes

Diese Sage dürfte auf der Tatsache basieren, dass das Höllengebirge ein Karstgebirge mit unzähligen Höhlen, Spalten und Dolinen ist, die oftmals auch unvorsichtigen Menschen zum Verhängnis geworden sind und noch immer werden. Solche »Löcher« in den Bergen faszinierten naturgemäß die Menschen und man dichtete ihnen manche Geheimnisse an.

Auf dem Feuerkogel, dem Hausberg der Ebenseer, gibt es einen Karst- und Dolinen-Erlebnisweg, dessen Begehung allerdings Trittsicherheit und geeignetes Schuhwerk erfordert.

Blick vom Kalvarienberg auf den Traunsee mit Erlakogel und Rötelstein.

Sagenweg 4

Langbathseen

Vom Golde im Höllengebirge

Der Hintere Langbathsee –
Erzählung von Martina Schrempf

Sagenweg 4 · Langbathseen

Vom Golde im Höllengebirge

Vom Golde im Höllengebirge

Seltsame und geheimnisvolle Geschichten ranken sich um die höhlenreichen Felsen östlich der beiden Langbathseen. Wie viele andere Berge im Salzkammergut sollen sie in ihren Tiefen Gold bergen.

Ein armer Wurzengraber war vor Zeiten unterwegs, um allerlei Wurzeln zu suchen. Diese verkaufte er an den Bader[1], der daraus Heiltränke und Salben herstellte. Manchmal brachte er einige Wurzeln über den Sonnstein nach Traunkirchen zu den heiligen Frauen, die sich ebenfalls auf die Heilkunde verstanden und ihn immer gut für seine Ware entlohnten.

Der Wurzengraber wandte sich vom Weg ab und schritt durch den Wald. Bald erreichte er einen Jägersteig, der zu den Felsen hinaufführte. Der Aufstieg war mühevoll. Der Mann sah immer wieder sorgenvoll zum Himmel. Die Wolken aus dem Westen verhießen nichts Gutes. Hoffentlich würde das Wetter halten und ihm ermöglichen, nach getaner Arbeit trockenen Fußes wieder nach Ebensee zurückzukehren.

Während er höher stieg, wanderten seine Gedanken zu seiner Mutter, die schon längere Zeit krank war. Der Bader würde ihm sicher einen Trank gegen ihren Husten im Tausch gegen einige Enzianwurzeln geben.

Der Steig wurde nun immer schmäler und führte unter einer steilen Felswand vorbei. Der Stock, den er sich aus einem Buchenast geschnitten hatte, tat ihm gute Dienste.

Mit einem Mal hörte der Wurzengraber ein dumpfes Grollen. Sein Blick ging sofort zum Himmel, aber die Wolkenwand war nicht näher gekommen. Also konnte es nicht ein Gewitter sein, das sich da ankündigte. Auf seinen Wanderstock gestützt, richte-

Goldener Herbst am Vorderen Langbathsee mit Blick auf den Brunnkogel (1708 m).

te er seine Aufmerksamkeit auf die Felswand. Das Grollen wurde immer bedrohlicher. Rasch ging er weiter und stand plötzlich vor einem wundervollen Tor, das sich direkt vor ihm auftat.

Erstaunt, aber auch neugierig bewegte er sich vorsichtig näher. Er überlegte nur kurz, nahm all seinen Mut zusammen und trat schließlich ein.

Nach einigen Schritten öffnete sich der schmale Felsengang zu einer großen Höhle. Er blickte sich um und kam aus dem Staunen nicht mehr heraus. Von der Decke hingen Goldzapfen herab, die so hell leuchteten, dass der Mann ganz geblendet war. Dieser Glanz und dieses Gleißen waren so grell, so unheimlich, dass der arme Teufel Hals über Kopf aus der Höhle floh, ohne auch nur ein Stückchen des kostbaren Metalls mitzunehmen. Mit einem Donnerschlag schloss sich das Tor.

»Das ist ein Blendwerk der Hölle! Das ist Teufelswerk!«, schrie er immer wieder, während er hastig den Weg hinabstieg. Beinahe wäre er gestolpert. Am ganzen Leib zitternd lief er nach Ebensee zurück.

Daheim erzählte er niemandem von diesem Abenteuer. Eines Nachts jedoch träumte der Wurzengraber, er solle sich doch aufmachen und den unermesslichen Schatz heben. In seinem Überschwang erzählte er nun alles seiner alten Mutter. Er hätte nicht darüber sprechen sollen. Sosehr er auch suchte, niemals mehr konnte er den Zugang zu den Reichtümern finden.

Man erzählt sich, dass andere da glücklicher waren.

So kam einmal ein italienischer Erzsucher in die Gegend und sprach bei einem armen Holzknecht vor. Er ließ sich von ihm für Geld und Versprechungen auf die Grießalpe[2] (Grießalm) hinaufführen.

Dort war eine tiefe Höhle zu sehen. Nachdem der Italiener den Holzknecht einen Eid hatte schwören lassen, niemals den Platz zu verraten, ließ sich der Fremde an einem Seil in die Tiefe hinab. Bald tauchte er mit einem Sack voll Gold wieder auf. Davon gab er dem Holzknecht einen Teil als Bezahlung.

Jeden Tag bis zum Herbst wiederholte sich dieses Spiel. Als der Winter nahte, kehrte der Italiener in seine Heimat zurück.

Im folgenden Jahr kam der Italiener wieder, und der Holzknecht hatte von Neuem Anteil an der Beute. Aber die Goldgier des Holzknechts wuchs mit seinem Wohlstand. Eines Tages zwang er den Italiener, ihn in die Tiefe hinabzulassen. Der tat es, warf aber dem Holzknecht das Seil nach, sodass er bei den Schätzen gefangen war. Glücklicherweise hatte er einen Sack Lebensmittel bei sich. So konnte er sich nach endlosen Mühen beim Hochstein wieder ans Tageslicht arbeiten. Er brachte Säcke voll Gold mit ins Tal, aber sein Verstand war verwirrt und seine Hände waren vom Graben abgearbeitet bis zur Handwurzel.

Den Nachbarn erzählte er, dass im Hintergrund der Höhle ein goldenes Gitter und ein Tisch mit Hammer und Schlägel zu sehen waren. Wer diese Sperre öffnete, käme in eine Grotte gefüllt mit blinkenden Goldbarren. Aber niemand wagte den Versuch. Der Anblick des Irren und seiner Arme schreckte auch den Kühnsten ab.

Wissenswertes

[1] Unter »Bader« versteht man einen »Volksheiler«. Sie waren die Vorläufer der Ärzte. Es gab in Ebensee ab ca. 1722 bereits einen Bader mit dem Namen Sezer. Wilhelm Gigl war der erste »Amtsbader« um 1728. Als erster »provisorischer« Arzt wird um 1775 ein Johann Wattman geführt. »Bader«, »Chirurgen« und »Wundärzte« standen unter der Aufsicht des »Kammergutphysikus« oder »Salinenphysikus« mit Sitz in Gmunden.

Die Behandlung von Kranken war bei den Badern meist ein mit dem Barbieren (Wortbedeutung: rasieren, scheren, stutzen) verbundenes Gewerbe. Die Bader unterhielten Badstuben. Der Standort zweier »Baderhäuser« ist ebenfalls bekannt. Beide Häuser befinden/befanden sich in der »Baadergasse« – heute Postgasse. Es waren das »Baaderhaus«, Unterlangbath 17, und das »Baaderwaberlhaus« bei der Schmiedbruck'n (Hofschmiede), Unterlangbath 23.

[2] Grießalpe: Der Wortteil »Grieß-« findet sich sehr oft in Flurnamen und bedeutet »Geröll, Geriesel«. »Alpe« ist eine andere Bezeichnung für »Alm«. Die Grießalm befindet sich in Steinbach am Attersee am Übergang von der Großalm in Neukirchen bei Altmünster hin zum Attersee.

Der Hintere Langbathsee

Erzählung von Martina Schrempf, Ebensee 2021

Nahe des Langbathsees lebte vor langer Zeit ein kaiserlicher Förster mit seiner kleinen Familie. Der Sohn – er hieß Sepp – war der ganze Stolz des Vaters. Kathi, die Tochter, war sehr zart und hatte zum Kummer der Familie ein kürzeres Bein.

Immer wieder wurde das Mädchen von anderen verspottet, weil es stark hinkte. Der Vater bevorzugte stets den Sohn, die Tochter beachtete er kaum. Das kränkte Kathi sehr. Auch die Mutter litt unter dem Verhalten ihres Mannes. Sie konnte nicht viel helfen. Es war eine Zeit, in der Frauen dem Mann gehorchen mussten und wenig zu sagen hatten.

Kathi durfte nicht mit den anderen Kindern rund um den See laufen, da ihr der Weg zu anstrengend war. So musste sie zusehen, wie die anderen Kinder lachend am Ufer entlangtollten. Jedes Mal, wenn sie im Wald für die Mutter Holz sammeln musste, setzte sie sich auf einen kleinen Felsvorsprung und warf Steine hinunter in das Talbecken. Kathi träumte von einem kleineren See, den sie auch umrunden könnte, und weinte oft bitterlich. So verging Jahr um Jahr und Kathi wuchs zu einer hübschen jungen Frau heran.

Der alte Felsengeist vom Brunnkogel, der das Mädchen immer wieder beobachtet hatte, empfand großes Mitleid mit der nunmehr jungen Frau. Er stieg zu ihr hinab und beschwor sie: »Hör niemals auf zu träumen! Wenn du dir etwas wirklich wünschst und daran glaubst, wird es eines Tages in Erfüllung gehen.«

Daraufhin beschwor der Felsengeist den Brunnkogel: »Wenn der nächste Regen fällt, lass bitte das Wasser an deinen Felsen hinunterrinnen. Wir müssen der armen Kathi helfen! Sie hat ein bisschen Glück verdient.«

Das Kleinod Hinterer Langbathsee am Fuß des Brunnkogels – ein Platz zum Verweilen und Innehalten.

So geschah es. Beim nächsten Gewitter neigte sich der Brunnkogel und das Wasser schoss tosend an den Felswänden zu Tal. Durch Kathis Steine war am Talboden eine Grube mit festem Untergrund entstanden. Darin sammelte sich das Regenwasser.

Als sich Kathi wieder auf ihrem Felsvorsprung ausruhen wollte, staunte sie über alle Maßen. Sie war überglücklich, als sie den neu entstandenen kleinen See erblickte. Ein Paradies war erschaffen, ein kleiner lieblicher See. Es blieb gerade Platz genug für einen schmalen Weg zwischen dem grünblauen Wasser und den steilen Felswänden.

Der Felsengeist erschien und brachte ihr sogar noch eine Schuheinlage aus Holz. Jetzt konnte sie ihre kürzere Beinlänge ausgleichen. Das Hinken war nun kaum noch zu bemerken. Kathi schöpfte neuen Lebensmut und genoss ihre Spaziergänge um den kleinen See.

Die Freude über das bezaubernde Kleinod Hinterer Langbathsee ist bis heute geblieben, wahrhaftig ein Platz zum Träumen!

Die alte Traunbrücke um 1900 – Zeichnung von Josef Loidl.

Sagenweg 5
Trauntal

Die schöne Frau und der Taglöhner

Das Wilde Gjaid im Salzkammergut

Der Trauntaler Rattenfänger

Sagenweg 5 - Trauntal

Die schöne Frau und der Taglöhner

In Ebensee lebte einst ein armer Taglöhner[1]. Als er eines Tages spät abends von seiner anstrengenden Arbeit müde und erschöpft heimging, erblickte er eine wunderschöne Frau. In einem vornehmen, langen Schleppkleid schritt sie beinahe lautlos vor ihm her. Fasziniert folgte er der Gestalt bis zu einem hohen Felsen. Plötzlich war die schöne Frau verschwunden.

Schon am nächsten Tag sah er sie abermals. Eilig beschleunigte er seine Schritte, um sie einzuholen und nur ja nicht wieder zu verlieren. Als er immer näher kam, bemerkte er jedoch, dass sie nicht wie eine gewöhnliche Sterbliche über den Boden schritt, sondern darüber schwebte.

Am dritten Tag nun sprach er sie mutig mit folgenden Worten an: »Alle guten Geister loben den Herrn!« Gespannt und aufgeregt zugleich erwartete er ihre Antwort. Die seltsame Frau erwiderte mit ruhiger, wohltönender Stimme: »Gott zum Gruße, guter Mann! Hör gut zu! Es liegt in deiner Macht, mich und dich selbst glücklich zu machen. Du darfst mir nur folgen und musst meinen Wunsch erfüllen.«

Da tat sich der Felsen direkt vor ihnen auf und sie gingen hinein. Mehrere in Stein gehauene Stufen führten in die dunkle Tiefe.

Als sie zur ersten Stufe kamen, ermunterte die schöne Frau ihn, nur ja standhaft zu bleiben, denn ein jäher Schreck werde ihn überfallen. Dasselbe wiederholte sie auf der zweiten und dritten Stufe, wo sie ihn einfach stehen ließ und verschwand.

Er aber drehte um, rannte die Stufen hinauf und floh in Todesangst nach Hause. Dort angekommen, zitterte er an Händen und Beinen wie Espenlaub. Sein Gesicht war leichenblass.

Anderentags, als er von seinem Tagwerk kam, erschien ihm die schöne Frau abermals. Nun war sie jedoch ganz in Schwarz gekleidet, und als sie gleich darauf wieder verschwand, hörte er ein klägliches Seufzen und bitterliches Weinen.

Keiner hat die Gestalt jemals wieder erblickt.

Wissenswertes

[1] Taglöhner, auch Tagelöhner, sind Arbeitnehmer, die kein festes Arbeitsverhältnis haben. Auch die Saline beschäftigte früher für gewisse Tätigkeiten Taglöhner. Sie standen in der Betriebs- und Arbeitshierarchie auf der untersten Stufe. Die Entlohnung reichte gerade zum Überleben. Sie waren oftmals auf Almosen angewiesen. Ihre Lebensbedingungen waren dementsprechend prekär. Sie mussten froh sein, eine Bleibe zu finden, und so entstanden die »Armenhäuser«.

Das Wilde Gjaid im Salzkammergut

Das »Wilde Gjaid«, auch die »Wilde Jagd« genannt, treibt in den geheimnisvollen zwölf Raunächten um die Weihnachtszeit sein schreckliches Unwesen.

Man erzählt sich von einer Schar wilder Gesellen, angeführt von einer unheimlichen Gestalt, und von der Windsbraut, die jedes Jahr über die schneebedeckten Berge, die Wälder und die

Orte des Salzkammergutes hinwegfegt. Sie sollen auf Rossen und Geißböcken reitend aus dem nahen Ennstal kommend durch die Lüfte brausen. Dabei entsteht ein Geheul und Brausen, dass einem Hören und Sehen vergeht. Angst und Schrecken verbreiten sie von alters her in den Tälern des Salzkammergutes.

Am Dachstein bei den verwunschenen Almen macht die »Wilde Jagd« Halt und holt die Sennerinnen aus ihren eisigen Gräbern unter dem Gletscher hervor. Weiter ziehen sie zu einem schaurigen Schauspiel auf den Gosaugletscher und die Gjaidalm. Dort wird ausgelassen getanzt.

Schließlich geht es Richtung Goisern und Ischl. All die unseligen Jagdgesellen werfen sich auf ihre Reittiere und lärmen auf ihren nächtlichen Zügen über die Ruine Wildenstein und Ischl bis nach Ebensee. Der Anführer und die Windsbraut mit dem brandroten Haar führen die Schar bis zum Traunstein, wo die nächtliche Jagd im Morgengrauen ihr Ende findet.

Der erste Hahnenschrei beendet den Spuk. Deshalb horcht die Windsbraut ängstlich darauf und ruft dem Anführer dann zu, dass im Tal der weiße Hahn krähe. Der aber entgegnet: »Weißer Hahn? Geht mich nichts an!« und stürmt weiter durch die weichende Nacht.

Meldet die Windsbraut jedoch einen roten Hahn, so wird ihr die Antwort »Roter Hahn? Toter Hahn!« gegeben und die Jagd geht weiter. Ruft sie jedoch, dass sie das Krähen eines schwarzen Hahnes hört, dann brüllt der wilde Anführer furchtbar auf: »Schwarzer Hahn? Jetzt muss ich dran!« Sogleich stürzen sich der Anführer, die Windsbraut und alle wilden Gesellen in das nächste Wildwasser oder in den tiefen Traunsee.

Steigt die Sonne empor, ist das Unheil bringende wilde Volk gebannt.

Einige Orte und allen voran Ischl hatten zur Zeit der Raunächte viel zu erleiden. Um das gottlose Gesindel abzuhalten, wurden am rechten Traunufer die Heiligkreuzkapelle und mitten in der Stadt die Lindenkapelle errichtet.

Vom Bromberg (1430 m) erschließt sich ein Blick über das Talbecken von Ebensee bis hin zum Traunstein, dem Wächter über das Salzkammergut.

So geschützt hatten die Ischler Ruhe vor der wilden Schar und hörten sie nur ab und zu in der Ferne vorbeistürmen. Schon den Kindern wurde eingeschärft, an diesen Tagen besser zu Hause zu bleiben, denn wird ein Mensch von der »Wilden Jagd« auf ihrem Streifzug entdeckt, muss er mit.

Einem Spielmann aus Goisern, der zu Silvester im Wirtshaus zum Tanz aufgespielt hatte, widerfuhr Schreckliches.

Es war schon spät, als er nach Hause eilte. Just zu dieser Zeit kam der heidnische Schwarm daher, packte den Spielmann am Kragen und nahm ihn durch die eiskalten Lüfte mit sich fort bis zum Traunstein. Dort setzte man ihn auf dem tief verschneiten Gipfel ab und fuhr unter Geheul und mit schauerlichem Gelächter in alle Windrichtungen auseinander. Der Spielmann jedoch schaffte unter Mühen den Abstieg vom winterlichen Gipfel und erreichte am Neujahrstag die Stadt Gmunden. Er war in dieser Nacht gealtert und sein Haar war schlohweiß geworden.

Nach seinen Erlebnissen befragt, konnte er kaum Näheres berichten. Und man sah ihn nie wieder lachen, so erzählt man sich.

Die Sage berichtet weiter, dass Ähnliches auch anderen widerfuhr, so manchen Fleischhauern, Traunreitern und Bergknappen, die während des Jahres gar manchen Fluch getan hatten und das Schelten nicht lassen konnten. Das »Wilde Gjaid« ließ diesen Unbelehrbaren den verdienten Lohn zuteilwerden.

Wissenswertes

Es gibt zwölf Raunächte (Rauchnächte), denen im europäischen Brauchtum eine besondere Bedeutung zugemessen wird. Im Salzkammergut werden heutzutage vier Raunächte gezählt:

- 20./21. Dezember: Thomasnacht, die Nacht auf den Thomastag, der kürzeste Tag des Jahres
- 24./25. Dezember: Heiliger Abend, Christnacht, Vigil (nächtlicher Gottesdienst) von Weihnachten
- 31. Dezember/1. Januar: Silvester
- 5./6. Januar: Dreikönigstag, Vigil von Erscheinung des Herrn

In diesen Nächten ist das Räuchern in Haus und Hof Brauch. Mit speziellen Kräutermischungen in der kupfernen Räucherpfanne gehen die Bewohner durch die Räume. Der Spruch »Herr segne dieses Haus und alle, die darin wohnen!« erfleht den Segen Gottes und soll die bösen Geister fernhalten.

Am 5. Januar laufen die »Glöckler« mit ihren Lichterkappen und schweren Glocken in Passen (Gruppen) durch den Ort Ebensee, um die bösen Geister zu vertreiben und den Segen der guten Geister zu gewinnen. Diese letzte Raunacht wird auch die »feiste Raunacht Perchta« genannt. (Im Bild die Miniaturglöcklerkappe der Familie Schmied.)

Im Jahr 2020 wurde der Glöcklerlauf von der UNESCO zum österreichischen immateriellen Kulturerbe ernannt.

Der Trauntaler Rattenfänger

Vor Zeiten hatten die Menschen arg unter der Rattenplage zu leiden. Die Tiere waren aus dem Fernen Osten als blinde Passagiere auf Schiffen nach Europa gelangt. Bereits im Mittelalter gab es – aufgrund der prekären sanitären Verhältnisse – Scharen von Hausratten.

Um 1700 kamen die noch weitaus schlimmeren Wanderratten dazu. In Kellern und Kammern war kein Nahrungsmittel vor ihnen sicher. Sie fielen über Getreide, Obst und Kartoffeln her und nisteten sich in Ställen ein. Dort hatten sie ihre Nester unter den Holzbrettern, die als Boden aufgelegt waren. Ja, so erzählt man sich, sie fraßen das junge Geflügel und nagten die hilflosen Schweine an.

Auch hierzulande waren die Ratten eine erhebliche Plage, gegen die man jedoch damals kaum etwas unternehmen konnte.

In den größeren Orten des Salzkammergutes fanden sich Ratten in solcher Zahl, dass sie ohne Scheu am helllichten Tag über Markt und Gassen huschten.

Ischl aber litt besonders unter der Rattenplage. Es wurde befürchtet, dass diese widerlichen Nagetiere nicht nur den gewohnten Schaden anrichten könnten. Man glaubte, die Tiere würden zudem noch jene Krankheit, die Pest genannt wurde, im Ort verbreiten.

Eines Tages erfuhren die Bewohner, dass ein Wanderbursche, der aus Bad Aussee über Goisern nach Ischl gekommen war, ein tüchtiger Rattenfänger sei. Darüber war man sehr erfreut. Der Bursche bot auch tatsächlich den Stadträten seine Dienste an. Gegen gute Bezahlung würde er Ischl von der Rattenplage befreien. Rasch wurde man sich mit ihm über den Lohn einig.

Uferlandschaft an der Mündung der Traun.

Sogleich machte er sich an die Arbeit. Von vielen Menschen begleitet und bestaunt, marschierte er Richtung Traunufer. Dort angekommen, zog er eine Flöte aus seinem weiten Mantel hervor und machte damit allerhand geheimnisvolle Zeichen in die vier Windrichtungen. Schließlich begann er auf dem Instrument zu spielen. Der Bursche spielte eine eigenartig helle, lustige Melodie.

Kaum war das Lied erklungen, kamen schon aus allen Kellern, Vorhäusern, Ställen und sonstigen Schlupfwinkeln die Ratten scharenweise herbei, um dem fröhlichen Spiele zu lauschen!

Nun stieg der Bursche, immerzu auf der Flöte spielend, hinunter zur Traun. Dort bestieg er das wartende Schifflein, das ihn langsam davontrug. Und die von der Melodie ganz betörten Ratten stürzten sich ins Wasser und schwammen ihm allesamt nach.

Wie froh da die Ischler waren! Endlich hatten sie Ruhe vor dieser garstigen Plage.

Als das Schifflein und mit ihm die Ratten bis nach Ebensee gekommen waren, legte der Bursche eine kurze Rast ein. Er stieg aus und wollte sich mit Speis und Trank laben. Doch da sprangen auch die Ratten ans Ufer, um ihm zu folgen. Das sah ein Mann aus Ebensee und fing daraufhin mit dem jungen Flötenbläser einen heftigen Streit an. Bald wurde aus dem Streit ein Handgemenge. Der Mann überwältigte den Burschen und schlug auf ihn ein, dass ihm Hören und Sehen verging. Danach ließ er den Rattenfänger bewusstlos liegen.

Als dieser wieder zu sich kam, verfluchte er das Gebiet von Ebensee – jedoch gegen Ischl sprach er Segenswünsche, dass es fortan von Ratten verschont bleiben möge.

Nachdem der Bursch sich ein wenig erholt hatte, bestieg er wieder sein Schifflein und fuhr über den Traunsee nach Gmunden, von wo aus er zu Fuß weiterwanderte. Eine Hälfte der Ratten folgte ihm und verlor sich in den Tiefen des Traunsees. Die andere Hälfte aber blieb im Umkreis von Ebensee und begann dort großen Schaden anzurichten.

Da wollten die Bewohner von Ebensee ausprobieren, ob der Fluch des Flötenspielers noch wirksam wäre. Sie machten sich ans Werk und fingen eine Menge Ratten ein. Diese verfrachteten sie auf ein Schiff und führten sie traunaufwärts Richtung Ischl. Als sie an den letzten kleinen Häusern, die noch zu Ebensee gehörten, vorbeikamen, sprangen alle Ratten eiligst über die Planken und Wände des Bootes, schwammen ans Ufer und liefen in den Ort Ebensee zurück.

Der Fluch des Flötenspielers konnte nicht gebannt werden. Der Wanderbursche wurde nie wieder gesehen.

Wissenswertes

Auch im Salzkammergut gab es immer wieder die Pest. Die Seuche trat in den Jahren 1625, 1649, 1679 bis 1680 sowie 1713 bis 1714 auf.

Alte Ansicht von Ebensee – die Schiffsanlegestelle mit dem Gasthaus »Seeraunzn«. (Sammlung Dr. Walter Rieder)

Sagenweg 6

Um den Traunsee

Sagenweg 6 · Um den Traunsee

Die Johannesstatue

Seit Mitte Dezember hatte es ununterbrochen geschneit. In den Gassen häufte sich der Schnee, und auf den Bergen lag er einige Meter hoch.

Am 23. Dezember jedoch wurde die Luft plötzlich weich und warm, als käme der Frühling. Der Schnee an den Hängen glänzte und glitzerte wie im März. Durch das warme Wetter lockerten sich die Schneemassen an den Berghängen, und am 24. Dezember, dem Weihnachtsabend, donnerten die Lawinen zu Tal.

Der Amtmann von Ebensee, einer der mächtigsten Männer des Dorfes, hatte seinen Inspektionsgang beendet. Müde stieg er nun die Dienerstiege hinauf. Er freute sich auf sein behagliches Heim, das warme, prasselnde Feuer, das gute Essen und auf sein Kind.

Ja, da war er wieder beim Leid seines Lebens angelangt, bei seiner Tochter Johanna, die stumm und taub war. Wie oft hatte der Amtmann wegen dieses Unglücks mit Gott gehadert.

Johannas Mutter war bei der Geburt des Kindes gestorben. Die alte Jakoba, eine treue Dienstbotin, hatte für das Kind gesorgt und sorgte auch jetzt noch für ihn und das Mädchen. Als sich herausgestellt hatte, dass Johanna weder sprechen noch hören konnte, umsorgte Jakoba seine Tochter mit noch größerer Liebe und Hingabe.

Der Amtmann hat keine Wege und Geld gescheut, um seinem Kind helfen zu können. Aber weder der anerkannte Arzt aus Gmunden noch die Kräuterliese von Traunkirchen konnten helfen.

Das Entsetzen, das den Amtmann zuerst gepackt hatte, als er das Gebrechen seiner Tochter begriff, war längst einer stillen Trauer und Mitleid gewichen. Wie oft schon hatte er Gott angerufen und um Hilfe gebeten? Auch jetzt, während er die Dienerstiege hinaufging und immer wieder kurz stehen blieb.

Er betrachtete mit Sorge den Sonnstein, von dem dann und wann ein Grollen zu vernehmen war.

Immer wieder wanderten seine Gedanken zu seiner Tochter und er schickte ein stummes Gebet für sie zum Himmel: »Wenn du nicht Zeit hast, Herrgott, so schick halt einen anderen, der ihr die Zunge löst, vielleicht ihren Namenspatron.«

Ein heftiges Dröhnen und Rauschen riss ihn aus seinen Gedanken. Eine gewaltige Lahn (Lawine) donnerte vom Sonnstein herab und raste gegen den See hin.

»Wird nicht viel Schaden machen«, dachte der Amtmann. Zu dieser Zeit gab es nämlich noch keine breite Straße am See entlang und auch noch keine Eisenbahn, an denen eine Lawine hätte Schaden anrichten können. Er blieb noch ein Weilchen stehen, weil die Sonne den Erlakogel nun in ein rotes Licht tauchte. Wieder musste er an seine arme Tochter denken.

Da kam ein Junge vom See heraufgelaufen und schrie aufgeregt: »Die Johanna! Die Johanna!« Der Amtmann runzelte die Stirn. Er hörte es nicht gerne, wenn man seine Tochter nicht respektvoll als »Fräulein« ansprach. »Was ist?«, fragte er kurz. Der Bub deutete dorthin, wo gerade die Lawine heruntergekommen war, und berichtete keuchend: »Sie ist bei unserem Haus vorbei dorthin gegangen. Ein Brocken hat sie erwischt. Sie liegt wie tot da.«

Noch während der Bub sprach, setzte sich der Amtmann in Bewegung. Er eilte die Stiege so schnell hinunter, dass ihm der Bub kaum folgen konnte. Männer und Frauen, die den Amtmann und den Fischerbuben laufen sahen, schlossen sich den beiden an, teils aus Neugier, teils aus echter Anteilnahme.

Man fand das Fräulein neben einem Stein liegend. Es atmete noch. Doch wusste der Vater nicht, wie schwer sein Kind verletzt war, weil es bewusstlos war.

Vorsichtig hob er Johanna hoch und trug sie in sein Haus. Umgehend schickte er die Jakoba um einen Arzt. Doch kaum hatte er das Mädchen in sein Bett gelegt, schlug es die Augen auf. Johanna sah den Vater mit schmerzverzerrtem Gesicht über sich gebeugt. Da schlang sie ihre Arme um seinen Hals und sagte lächelnd: »Mein lieber Vater!«

Der Amtmann getraute sich vor Erstaunen kaum zu atmen. Seine Tochter konnte reden – das konnte nur ihr Namenspatron bewirkt haben.

Aus Dankbarkeit für die wundersame Heilung ließ er eine große Johannesstatue aus Stein herstellen, die dort aufgestellt wurde, wo die Lawine in den See gedonnert war.

Wissenswertes

Der Amtmann Joseph Anton Sydler von Rosenegg, kaiserlicher Verweser in Ebensee, ließ 1710 die Statue aufstellen. Er war wie schon zuvor sein Vater ein hervorragender Verweser. Unter ihm wurden die ersten Schritte zur Verselbstständigung des Ortes Ebensee eingeleitet.

In den Taufbüchern sind keine Hinweise auf Nachkommen des Amtmannes zu finden. Er starb kinderlos im Jahre 1741. Nachfahren der Familie Sydler von Rosenegg wohnen heute noch in Bad Goisern und in Ebensee. Nach neueren Forschungen gehört der »Luftg'selchte Pfarrer«, die Mumie in der Gruft von St. Thomas am Blasenstein im Mühlviertel, mit hoher Wahrscheinlichkeit zur Familie der Sydler von Rosenegg.

Es ist anzunehmen, dass die überlieferte Sage erst später entstand, als die Kinderlosigkeit des Amtmannes bereits in Vergessenheit geraten war. Von dieser Erzählung gibt es noch eine zweite Fassung, in der ein blinder Sohn anstelle der stummen Tochter genannt wird.

Die ärztliche Versorgung im frühen 18. Jahrhundert war sehr dürftig. Man arbeitete viel mit Naturheilmitteln aus Kräutern, mit Schröpfungen und Aderlass.

Die Statue steht heute nicht mehr dort, wo sie ursprünglich aufgestellt worden war. Sie musste dem Straßenbau weichen, wurde versetzt und steht nun neben dem Eingang des Sonnsteintunnels an der alten Bundesstraße.

Eine Inschrift am Sockel der Statue berichtet, dass Joseph Anton Sydler von Rosenegg diese zum Dank für seine Errettung während einer stürmischen Überfahrt zur Messe nach Traunkirchen errichten ließ.

Die 1710 von Joseph Anton Sydler von Rosenegg gestiftete Barockstatue des heiligen Johannes Nepomuk steht heute in der Nähe des Südportals des Sonnsteintunnels.

Das Bartlkreuz

Bartl saß an einem Winterabend vor dem Herd und starrte finster vor sich hinbrütend in die Flammen. Was war er doch für ein Narr gewesen, damals im letzten Sommer, als ihn die Jäger beinahe beim Wildern erwischt hätten! Es war ihm, als hörte er sie wieder schreien: »Dort muss er sein! Jetzt kann er uns nimmer auskommen!«

Natürlich hätten sie ihn mitsamt der Gams erwischt und so den nötigen Beweis gehabt, wenn er nicht in seiner Verzweiflung über die nahezu senkrechte Wand in den See gesprungen wäre. Hinter sich hörte er sie schreien: »Jetzt ist er hin! Gott gnad' seiner Seel'!«

Aber er war nicht tot. Er schwamm mit dem erlegten Tier, das er über den Rücken gelegt hatte, in Richtung Ebensee. Schon öfter war er über den Traunsee geschwommen. Diesmal war das Wasser fast warm, aber etwas bedrückte ihn, lag ihm schwer auf der Seele und nahm ihm die Kraft. Zudem türmten sich über Gmunden hohe schwarze Gewitterwolken auf, die rasch näher kamen. Über die Berge fiel plötzlich dichter Nebel ein, der alle Sicht nahm. Noch war es windstill, der See ruhig, aber wenn einmal der Wind aufkam, konnte es binnen kurzer Zeit sehr gefährlich werden. Oft schon waren Boote auf dem Weg zum oder vom Sonntagsgottesdienst in Traunkirchen mit Mann und Maus gekentert, und so mancher Schwimmer hatte das rettende Ufer nicht mehr erreicht.

Bartl wollte die Gams ein wenig anders legen, damit es für ihn leichter wurde, aber er konnte sie kein Stückchen bewegen. Es war, als habe sich das tote Tier in seinen Rücken gekrallt und packe ihn mit seinen Klauen.

Da überkam den Schwimmer die Angst. Was trug er da nur auf dem Rücken? Ein totes Tier oder vielleicht gar den bösen Feind, den Teufel? Die Furcht schnürte ihm die Kehle zu. Er konnte nicht mehr weiter. Das Ufer war wegen des Nebels nicht zu erkennen. Bartl stöhnte und schnaufte von der Anstrengung. Nirgends war auch nur ein schwacher Lichtschein zu sehen. Hatte er sich vielleicht bereits verirrt und schwamm nun etwa wieder in den See hinaus anstatt dem Ufer zu?

Das Bartlkreuz stiftete der Wildschütz Bartholomäus Winkler aus Dankbarkeit für seine Errettung auf der Flucht vor den Jägern.

Es war inzwischen stockfinster geworden. Eigentlich hätte er schon längst das Ufer sehen müssen. »Herrgott«, stöhnte er mit letzter Kraft, »wenn ich heut' heimkomm', will ich dir dort zum Dank ein Kreuz setzen, wo mein Fuß festen Boden berührt.«

Da kam ein sanfter Windstoß über das Wasser, fast wie ein Seufzer. Bartl glaubte, aus dem Nebel eine Stimme zu hören: »Das ist nicht genug. Du musst noch etwas versprechen.« Der Wilderer wusste genau, was er versprechen sollte. In seiner Not tat er es: »Ich will nie mehr wildern, wenn ich heut' mit dem Leben davonkomm'. Ich gelob' es bei allem, was mir heilig ist.«

Ja, so war es gewesen, an jenem Tag im Sommer. Er hatte bisher seinen Schwur gehalten und würde ihn auch weiterhin halten. Das Kreuz war aufgestellt und das Wildern hatte er aufgegeben. Nur dass in seinem Blut die Unrast saß, das konnte er jedoch nicht ändern.

In der Stube war es kalt geworden und Bartl griff nach einem Stück Holz, um es ins Feuer zu werfen. Da fiel sein Blick darauf, und es schien ihm, als hebe ihm da ein kleiner, dunkler Mann einen Stab entgegen. Wirklich, aus dem Holz könnte man eine Figur schnitzen. Er zog sein Messer heraus und machte sich sofort an die Arbeit. Das Vorhaben gelang besser, als er gedacht hatte. Was er bald danach in der Hand hielt, war ein Hirte, der einen Stab in der Hand trug. Das machte ihm Mut und er bekam Lust, mehr zu schnitzen. Maria, Josef, der Engel und das Jesuskind gesellten sich zu dem Hirten und bald standen auch viele Tiere um ein Kripplein.

Als alles fertig war, war Bartls Unruhe mit einem Mal verflogen. Ohne Bitterkeit und ohne Ruhelosigkeit konnte er nun an die Berge und an die Gämsen denken. Es zog ihn nicht mehr magisch hinaus und hinauf auf die Berge. Bartl blieb daheim.

Nur seine Krippenfiguren wanderten weit hinaus in die Welt.

Wissenswertes

Krippenbrauchtum in Ebensee

Der Ort Ebensee ist bekannt für sein Krippenbrauchtum. Bereits im 17./18. Jahrhundert wurden die Ebenseer mit der Krippenkultur der Jesuiten in Traunkirchen konfrontiert, und im 18./19. Jahrhundert lernten sie die Schnitzkunst der Schwanthaler kennen (Dreikönigsdarstellung am Gmundner Hochaltar von Thomas Schwanthaler, 1678; Kirchenkrippe des Johann Georg Schwanthaler, 1740–1810, in Altmünster).

Im 19. Jahrhundert entwickelte sich ein neuer Krippentypus, die »Ebenseer Landschaftskrippe«. Vor einem gemalten Hintergrund, genannt »Håld«, wird ein naturgetreues Abbild der Heimat mit Bergen, Flüssen, Seen und Häusern aus Wurzeln, Steinen, Moosen und Pflanzen der Gegend gebaut. Ebenfalls abgebildet wird die heimische Arbeitswelt durch Hirten, Holzknechte, Bergbauern, Fischer etc.

Hauskrippe der Familie Schmied, geschnitzt von Josef Schmied jun.

Im Mittelpunkt des Geschehens aber steht der Stall (häufig ein verfallenes Schloss oder Haus oder eine Felsgrotte) mit der Heiligen Familie.

Da Krippenfiguren zum Nachschnitzen verborgt wurden, entwickelte sich ein Fundus typischer Ebenseer Figuren wie zum Beispiel »Våda, låss mi a mitgehn«, »Muada, låss mi a mitgehn«, »Da Urbal mit der Leinwånd«, »D'Nåchbarn«, »Da kropfat Naz mit da Budahenn« und »Da Huss-Melaggö«, um nur ein paar zu nennen.

In engem Zusammenhang mit den Szenen in den Krippen stehen über 150 Lieder (gesammelt von Ferdinand Schaller, Lehrer, 1875–1921), die in Handschriften und gedruckten Liederbüchern überliefert sind.

Bereits 1881 wurden die Ebenseer Krippenlieder, die in den Familien gesungen wurden, als »uralt« bezeichnet. 1775 hatten zahlreiche Familien aufgrund großer Armut ihren Heimatort verlassen und waren in die Waldkarpaten ausgewandert. Sie nahmen dabei auch Tradition, Brauchtum und Musik mit, unter anderem viele Krippenlieder. Im »museum.ebensee« befindet sich eine Hörstation, in der das Lied »Grüne Felder, grüne Wiesen« von einem Nachfahren der Auswanderer gesungen wird. Im Museum sind alte, zum Teil handschriftliche

Hirtenliedersammlungen aufbewahrt, sie werden bei der jährlichen Krippenausstellung gezeigt. (Quelle: Dr. Gillesberger, Franz; Hörmandinger, Reinhard: Ebenseer Krippen; Herausgeber: museum. ebensee; S. 183–184.)

In der Zeit vom 26. Dezember bis 2. Februar öffnen das »museum. ebensee« und private Familien ihre Häuser zum »Kripperlschau'n«.

Das Löwendenkmal

Das Löwendenkmal

Das Löwendenkmal am Traunsee wurde 1861 zu Ehren Kaiser Franz Josephs vom Linzer Bildhauer Ferdinand Scheck errichtet. Es ist ein Symbol des Aufbauwillens und des Arbeitserfolgs. Man erzählt sich, der Schöpfer des »Löwen ohne Zunge« habe sich, nachdem er auf das Missgeschick aufmerksam gemacht worden war, in den Traunsee gestürzt.

Am 23. September 1963 wurde der 2,5 Meter hohe Löwe von italienischen Neofaschisten in die Luft gesprengt. Das Denkmal musste komplett erneuert werden.

Am 18. September 1964 erfolgte der Wiederaufbau aus St. Margarethener Sandstein durch den akademischen Bildhauer Hans Schmidinger aus Linz. Die Ausführung war schwierig, weil es keinen Entwurf des ursprünglichen Denkmals gab und viele Teile nicht mehr zu finden waren.

Das Löwendenkmal wurde anlässlich der Eröffnung der Straßenverbindung zwischen Traunkirchen und Ebensee errichtet. Hier beginnt das innere Salzkammergut.

Nach dem Bombenattentat wurde beispielsweise die Rute des Löwen von einem Souvenirjäger mitgenommen, der diese schließlich in der Müllablagerung zurückließ, da er nichts damit anzufangen wusste. Ein Sammler nahm die Rute damals von dort mit. Heute befindet sich das Relikt im Heimatmuseum.

Das Monument gilt als Grenzmarkierung zwischen dem inneren und äußeren Salzkammergut.

Die Inschrift am Granitsockel beinhaltet folgenden Spruch: *»Das Machtgebot / Sr. k. k. apost. Majestät / KAISERS FRANZ JOSEF I. / bahnte am steilen Seegestade / die ebne Felsenstraße / zur Förderung des Verkehrs. / Felsenfest gründet sie / des Wanderers Bahn, / des Volkes Dank. / Eröffnet im Jahre MDCCCLXI«.*

Im Jahr 2010 wurde das 1964 wiederaufgebaute Löwendenkmal von Josef Weninger, einem Bildhauer und Restaurator in Weißenkirchen im Attergau, restauriert.

Wissenswertes

Noch ein paar Worte zur Geschichte des Löwendenkmals:

Am 2. Juni 1856 wurde mit dem Bau der Straßenverbindung zwischen Ebensee und Traunkirchen begonnen. Bis dorthin war Ebensee von Traunkirchen aus nur über den Wasserweg oder einen Saumpfad beim Siegesbach zu erreichen. Das Löwendenkmal erinnert an die Anstrengungen des Baus, der bereits 1826 angedacht, aber wegen der hohen Kosten und der schier unüberwindlichen Felsabhänge erst 1856 in Auftrag gegeben wurde. Die zunehmende Reisetätigkeit machte dies notwendig. Bis dorthin gab es ab 1835 eine Dampfschiffverbindung, die in den Sommermonaten dreimal täglich, in den übrigen Monaten jedoch nur dreimal wöchentlich zwischen Gmunden und Ebensee bestand.

Zur Fertigstellung der Straße im Jahr 1861 beauftragte man das Atelier des Bildhauers Ferdinand Scheck in Linz, das das Löwendenkmal nach Entwürfen von A. Fischer anfertigte. Außerdem sollte dieses Denkmal den Eingang zum Salzkammergut markieren und gleichzeitig jene Stelle, die die Ortsgrenze zwischen Traunkirchen und Ebensee am Traunsee darstellt.

Beim Bau der Straße wurden hauptsächlich (Fach-)Arbeiter aus Italien beschäftigt. Die Italiener galten als die besten Mineure der Kronländer, hatten sie doch genug Erfahrung beim Bau vieler Alpenstraßen sammeln können. Da es zu dieser Zeit noch kaum Schutzmaßnahmen für die Arbeiter gab und die Arbeit am Felsen sehr gefährlich war, kam es zu zahlreichen Unfällen und auch Todesfällen. Ein Waldbrand und einige Erdrutsche erschwerten den Bau, bei dem 500 bis 600 Arbeiter im Akkord beschäftigt waren.

Das Wechselkreuz

Der Bildstock erinnert an ein Schiffsunglück. Hier stand früher das Wechselkreuz.

Bis zum Bau der Straße zwischen Traunkirchen und Ebensee 1859 wurden alle Transporte auf dem Seeweg durchgeführt. Da es bis 1729 in Ebensee keine Kirche gab, mussten die Bewohner auch zu den Gottesdiensten über den See rudern. An der Stelle, an der heute der Bildstock steht, stand einst ein Kreuz, das jenen Punkt markierte, an dem sich die Ruderer abwechselten.

Die Kirchfahrten waren mit vielen Gefahren verbunden. Nach einem Schiffsunglück infolge eines Unwetters wurde 1680 das »Wechselkreuz« durch einen Bildstock ersetzt.

Über einen schmalen Pfad kann man von einem kleinen Parkplatz neben der B145 beim Schutzdach vor dem Löwendenkmal zum Bildstock absteigen. Auf einer Tafel dort ist zu lesen:

»Als am 17. Juny 1680 Mathias Kriechbaum Amtsmaurermeister zu Ebensee, Anna Maria Lindauer Wirthin zu Langbath,

Thomas Pollhamer und Maria Eder von Gmunden und Orth nach Hause schiften, wurden sie bey diesen Sonnsteineck von einen heftigen Sturmwind überfallen ihr mit Fässern beladenes Fahrzeug stürzt und alle fanden in den tobenden Wellen ihr Grab.

Der Wirth Adam Lindauer hat zum Denkmahl dieses für ihn höchst betrüblichen Ereignißes 1680 diese Säule erbauen lassen. Renovirt wurde sie von Grunde aus durch wohlthätige Beiträge im Jahre 1828.

Sie dient als Grenzpunkt der Pfarreyen Ebensee und Traunkirchen zu Lande und Wasser, dann als Markung auf festen Lande zwischen den k.k. Steuer- und Comissariatsbezierken Ebensee und Ort.« (Originaltext, erneuert 1988)

Der Ritter von Karbach

Der Ritter von Karbach

In Karbach gegenüber von Traunkirchen stand vor vielen Jahrhunderten auf der kleinen Landzunge ein stolzes Ritterschloss. An seiner Stelle findet man heute die Karbachmühle, die vor einigen Jahren noch ein beliebtes Ausflugslokal war.

In diesem Schloss residierte ein stolzes Rittergeschlecht, die Ritter von Karbach.

Der letzte Spross dieses Geschlechts hatte die wunderschöne Tochter eines ihm feindlich gesinnten Ritters aus der Nachbarschaft zur Schlossfrau auserkoren. Der junge Karbacher liebte das holde Mädchen von ganzem Herzen, seit er es bei einem Besuch

Zwischen Hochlindach und dem Rötelstein liegen Karbach und das Karbachtal.

der Messe in der Klosterkirche von Traunkirchen zum ersten Mal erblickt hatte.

Seine Liebe blieb nicht unerwidert. Auch das junge Ritterfräulein hatte ein Auge auf den stattlichen jungen Mann geworfen und war ihm von Herzen zugetan.

Ein vertrauter Diener machte sich unter Lebensgefahr wiederholt auf den Weg über den See, um in aller Heimlichkeit Nachrichten der beiden Liebenden zu überbringen.

Voll Freude und Hoffnung begab sich der junge Ritter schließlich eines Tages auf den Weg über den See. Er wollte bei seinem ihm feindlich gesinnten Nachbarn um die Hand der Auserwählten anhalten.

In der Burg seines Nachbarn angekommen, trug er mutig dem Vater des Mädchens sein Anliegen vor. Doch der junge Mann wurde bitter enttäuscht und mit Hohn und Spott zurückgewiesen. »Niemals werde ich meine Tochter dir vermählen!«, schrie der Burgherr.

Als der zornige Vater von missgünstigen Dienern erfuhr, dass seine Tochter den feindlichen Nachbarn liebte, steckte er das

Das Kloster Traunkirchen wurde um 1020 als ältestes Frauenkloster (Benediktinerinnen) des heutigen Österreich gegründet.

arme Mädchen unbarmherzig ins Frauenkloster zu Traunkirchen.

Der verzweifelte junge Ritter erfuhr jedoch bald, wo sich das geliebte Mädchen aufhielt. Ohne Zaudern sprang er eines Abends in den See, um seine Angebetete zu besuchen. Plötzlich frischte der Wind auf. Die trügerischen Wellen erfassten den mutigen Schwimmer und zogen ihn unerbittlich in die Tiefe hinab.

Der junge Karbacher wurde nie wieder gesehen. Mit ihm starb das Geschlecht der Karbacher aus.

Wissenswertes

Diese Sage gibt es in mehreren Fassungen. Eine weitere davon ist in Traunkirchen am Ufer unterhalb der Klosterkirche zu lesen.

Die Karbachmühle soll – der Sage nach – einst die Burg der Karbacher gewesen sein, was jedoch historisch nicht belegt ist.

Soweit heute bekannt, gab es in Karbach (Schreibweise auch: Kaarbach, Kahrbach) eine Klengmühle/Samendarre, die für die Forstwirtschaft die Samen der Nadelbäume zur weiteren Verwendung als Saatgut aufbereitete.

Auch eine Getreidemühle wurde mit der Wasserkraft des Karbachs betrieben. Die Menschen mussten mit ihrem Getreide, das sie beim Amtmann erwerben konnten, zum Mahlen über den See fahren. Das nahm für Arbeitgeber und vor allem für den Amtmann zu viel Zeit in Anspruch. Deshalb sollte in der Låmbå eine Getreidemühle errichtet werden. In einer Urkunde steht zu lesen:

»… mit dem neuen *Mühlschlag* sei *»ein bequemblicher orth vorhanden …, weil sonst die Arbeiter mit ihrem Malter, und Gethraide auf ihr Hausnotturft auf die weiten reisen und ihr Arbeith versäumben missen.«* (Urkunde im Besitz der Familie Zehentleitner)

Aus diesem Grund wurde 1623 der Bau der heutigen »Zehentleitnermühle« (vormals Mayrhofermühle) in Ebensee genehmigt. (Siehe dazu auch die Anmerkung zu Sage 9.)

Überliefert ist ebenso, dass es in Karbach ein »Huthaus«, d. h. ein Gebäude zur Bewachung eines großen Holzaufsatzes (Holzlagerplatzes), und ein paar Holzknechtstuben gab. Das Holz wurde über den See gebracht, wo es zur Beheizung der Sudpfannen verwendet wurde.

Der Riese Erla

Vor langer, langer Zeit lebte im Wald nahe dem Laudachsee auf einem Kogel ein Riese, Erla genannt. Die Wiesen um den See waren von einem saftigen Grün. Bäume und Sträucher blühten prächtig.

Eines Nachts vernahm der Riese eine zauberhafte, leise Melodie. Er lauschte und erblickte im sanften Mondlicht am Ufer des stillen Sees die holde Laudachnixe. Ihr goldenes Haar fiel in langen Locken über ihre zarten Schultern. Das Nixlein erschrak, als es den Riesen bemerkte.

Fasziniert von der lieblichen Gestalt wollte Erla die kleine Nixe mit zu sich nehmen. Er gab ihr den Namen »Blondchen«.

Der Riese wollte Blondchen jeden Wunsch erfüllen. Das Nixlein träumte von einem Schloss mit goldenen Zinnen, kostbaren Kleidern und einem Prinzen auf einem stolzen Ross. Erla wollte dieser Prinz sein, doch welches Pferd konnte einen Riesen tragen?

Der Riese machte sich auf, Blondchens Wünsche zu erfüllen und baute mithilfe der kunstgewandten Zwerge unter König Rötels Führung ein prächtiges Schloss auf einem kleinen Felsen im Traunsee.

Traurig saß der Riese am Ufer und musste feststellen, dass das Schloss zwar groß genug für das Nixchen, Zwerge und Menschen war, aber zu klein für ihn.

In seiner Not ging Erla zu einer Felsspalte am Feuerkogel und rief die Hexe Kranawitha. Aus der Felsspalte kam ein buckeliges Weib gekrochen. Flehentlich bat der Riese die Hexe, ihn in einen Ritter zu verwandeln.

Widerwillig gab Kranawitha dem Riesen einen goldenen Ring. »Dreh den Stein!«, befahl die Hexe. Erla steckte den Ring an den Finger, drehte den Stein und wurde in einen Ritter verwandelt. Überglücklich lief er zum Schloss zurück.

Ach, wie staunte Blondchen, als es das herrliche Schloss mit den goldenen Zinnen sah! König Rötel und seine Zwerge eilten dienstfertig herbei, um Erlas zukünftige Braut zu begrüßen. Bald wurde Hochzeit gefeiert. Sechs Zwerge trugen Blondchens Schleppe, und König Rötel selbst führte das Nixchen durch eine goldene Pforte ins Schloss.

Blondchen und »Prinz« Erla lebten glücklich umsorgt von den Zwergen in ihrem prächtigen Schloss.

Eines Tages ritt Erla zur Jagd und kehrte wochenlang nicht heim. Blondchen verzehrte sich nach ihm und weinte bittere Tränen. Ihre Lebensfreude war dahin und sie wurde sehr krank.

Alle Heilkunst der Zwerge und der Hexe Kranawitha war vergebens.

Das Antlitz des Riesen Erla – der Traunstein vom Grasberg in Altmünster aus gesehen.

Endlich kehrte Erla heim. Das Nixlein genas und verlebte mit dem Riesen einen glücklichen Sommer. Dann zog der Herbst ins Land und Blondchen wurde kränklicher und schwächer. Wiederum brachten die Zwerge, König Rötel und die Hexe Kranawitha Heilkräuter und Lindenblüten. Nichts vermochte zu helfen.

Als der Herbst sich dem Ende zuneigte, spürte Blondchen, dass auch ihr Leben bald zu Ende gehen würde. So bat sie Erla, ihr einen letzten Wunsch zu erfüllen: Sie wollte bei Vollmond im See begraben werden.

Erla blieb bis zu Blondchens letztem Atemzug an ihrem Krankenbett.

In der nächsten Vollmondnacht ruderten die Zwerge und König Rötel mit einem schwarzen Boot auf den See hinaus. Erla saß in tiefer Trauer neben Blondchens Sarg, der mit weißen Seerosen bedeckt war. In der Mitte des Sees verabschiedete sich Erla mit einem Kuss. Der Sarg mit seiner Liebsten verschwand in den dunklen Fluten. So wurde Blondchens letzter Wunsch erfüllt.

Nach vielen Wochen der Trauer nahm Erla seine frühere Gestalt an, überließ das Schloss – heute Schloss Orth – dem Menschengeschlecht und stieg hinauf zu seinem Felsenreich, dem Traunstein.

Heute noch kann man in den Felswänden des Traunsteins das Antlitz eines Riesen erkennen. Die Gestalt des Blondchens ist in der Felsformation der »Schlafenden Griechin« verewigt.

Das Seeschloss Orth mit dem Höllengebirge im Hintergrund.

Wissenswertes

Die in der Sage vorkommende Figur der Hexe Kranawitha (oder in anderen Fassungen auch Kranabetha) ist am Feuerkogel im Höllengebirge beheimatet. Der vordere Teil des Feuerkogels heißt Kranabethsattel. Namensgebend dürfte die »Kranabethstaude«, der Gemeine Wacholder, sein.

Fährt man mit dem Auto über die Umfahrungsstraße Gmunden Richtung Altmünster den Hügel hinab (eiszeitliche Endmoräne des Trauntalgletschers), eröffnet sich einem ein herrlicher Blick über den Traunsee hin zum Traunstein und zur »Schlafenden Griechin«. Das Antlitz des Riesen Erla im Traunstein ist von Mitterndorf, Gemeinde Traunkirchen, aus am besten zu erkennen und ein beliebtes Fotomotiv.

Das Schloss Orth ist heute Kulisse für Fernsehfilme und eine beliebte Hochzeitslocation.

Der furchtlose Holzknecht

Wie der Teufel den Holzknecht das Fürchten lehrte

Es war bereits Ende Oktober. Auf den Berggipfeln lag frischer Schnee. Gestern war der Himmel noch hell und klar gewesen. Über den braunen Brombeerranken lag der spinnenwebenfeine Altweibersommer, und heute, über Nacht, war es neblig und kalt geworden. Es war düster und Trauer um den verlorenen Sommer lag in der Luft.

Die Berge ringsum steckten in Wolken. Von den Bäumen tropfte das Nass und die Füße versanken im Lehm oder sie rutschten auf den nassen Felsen aus. Das Weiterkommen war mühsam.

In der Werkstatt des Bildschnitzers in Rindbach saßen fünf oder sechs Männer beisammen. An den Wänden standen ein paar Frauen und Mädchen, aber es war nicht wie sonst an den lustigen und heiteren Abenden. Ein richtiges Gespräch wollte nicht aufkommen. Es gab keinen Scherz, kein Lied.

Einer fragte endlich in die bedrückende Stille hinein: »Wo ist da Hias?« Alle hoben den Kopf, als müsste der, von dem die Rede war, gleich eintreten. Aber er kam nicht!

Hingegen schlich eine schwarze Katze zur Tür herein und blickte die Versammelten lange aus ihren bernsteinfarbenen Augen an.

»Verschwind'!«, murmelte einer und griff nach einem Holzstück, um es nach dem Tier zu schleudern. Mit einem leisen Wehlaut und einem lauten Fluch ließ er es fallen und betrachtete seinen Finger, von dem Blut tropfte. Die Männer lachten schadenfroh, die Frauen kicherten. Als man jedoch wieder an die Katze dachte, war sie verschwunden.

Alte Ansicht der Eisenau am Ostufer des Traunsees mit dem Gasthaus, von dem nichts mehr geblieben ist. (Sammlung Dr. Walter Rieder)

»Das war der Gottseibeiuns[1]!«, flüsterte einer. Nun begann man Geistergeschichten zu erzählen.

Der Hias, der auch schon längst bei ihnen sein sollte, mühte sich inzwischen bei der Lenaustiege nahe Gmunden, das Holz, das er seit Tagen geschlagen hatte, zum Traunsee zu bringen. Das Nass rann ihm über das Gesicht. War es Schweiß oder der Regen? Er wollte nicht darüber nachdenken. Schon wieder hatte er vergessen, dass er seinem Weib versprochen hatte, nicht bis spät in die Nacht hinein zu arbeiten. Aber all seine Gedanken waren beim Holz, das er noch heimbringen wollte, ehe das Wetter dies unmöglich machte.

Fern vom anderen Ufer des Sees klang das Geläute der Vesperglocken vom Kloster zu Traunkirchen. Der Hias sah nicht einmal auf. Er gönnte sich keine Rast und keinen Gedanken, der nicht zu seiner Arbeit gehörte. Dennoch ermahnte ihn eine innere Stimme: »Du sollst aufhören und endlich Feierabend machen! Du hast es deiner Frau fest versprochen. Es ist nicht gut, wenn

Karbach und das Karbachtal vor ihrer Erschließung als Kalksteinbruch für die Solvay-Werke in Ebensee. (Sammlung Dr. Walter Rieder)

man die Nacht zum Tag macht. Gott will das nicht! In der Nacht werden allerhand dunkle Kräfte frei.«

Als sich der Hias dieser Stimme in seinem Inneren bewusst wurde, rief er laut: »Ich will fertig werden! Was geht mich da die Nacht an!« Laut und deutlich kam eine Stimme aus dem dunklen, regenfeuchten Tal zurück: »Nåchitån! Nåchitån!« Der Hias schaute sich um, als wollte er den sehen, der da rief.

Dann brummte er: »Ach was, ich bin ja schreckhaft wie ein Kind!«

Ein Stein polterte irgendwo zu Tal. Gleich darauf erklang es mahnend, drohend und klagend zugleich: »Deine Sünde – deine Sünde!«

Der Hias rollte die Augen und runzelte die Stirn. Saß da nicht eine dunkle Gestalt im Wald? Er schluckte ein paar Mal und sagte dann trotzig: »Wånnst willst, so kimm!«

Diesmal polterte es rechts und links in den Wänden des Berges. Der Schatten wurde immer größer und die Stimme erklang von überall her: »Bist hin – bist hin – bist hin!«

Etwas Kaltes berührte den Mann. Er fuhr auf und hastete ohne Besinnen den Weg hinab dem Talausgang zu. War es, dass er zu wenig auf den Weg achtete, oder war es, dass er zu sehr eilte? Der Hias stürzte und wäre beinahe in den See gefallen, wenn ihn nicht ein Strauch aufgefangen hätte.

Da hing er nun und wagte nicht, sich zu rühren. Der Mann, der sonst keine Furcht kannte, erschrak vor etwas Drohendem, Dunklem. Er erschauderte bis ins Mark.

Stundenlang blieb er so hängen, bis sich dieser seltsame, bedrohliche Schatten auflöste. Völlig durchnässt und halb erfroren kam der Hias schließlich nach Hause und schlich wortlos in seine Kammer.

Als ihn seine Frau am nächsten Morgen weckte, schwor er ihr beim Leben seiner Kinder, nie mehr die Nacht zum Tage zu machen.

Er war durch diesen Schreck über Nacht schlohweiß geworden.

Wissenswertes

[1] Gottseibeiuns = Teufel.

Die Arbeitszeit der Holzknechte erstreckte sich vom Tagesanbruch bis zum Sonnenuntergang. Es wurde streng darauf geachtet, dass die »Christenpflichten« erfüllt wurden. So wurde am Morgen und am Abend gemeinsam gebetet. Während der Arbeitswoche, die von Montag bis Samstag dauerte, war man in einer Gemeinschaftsunterkunft im Wald, der Holzknechtstube, untergebracht. Fiel ein christlicher Feiertag auf einen Tag der Arbeitswoche, so wurde zur Zeit der Heiligen Messe die Arbeit unterbrochen und gebetet. Das »Aveläuten« um 18 Uhr war auch für die Bauern stets das Zeichen, die Feldarbeit zu beenden. Wer sich nicht daran hielt, musste Gottes Zorn fürchten.

Der Goldsucher von Karbach

Der Goldsucher von Karbach

Einer der Goldsucher, die von den Einheimischen »Wällische«[1] (Welsche) genannt wurden, kam alljährlich in die Karbachmühle, wo er bald ein gern gesehener Gast war. Das Gebirge, welches sich am Traunsee von der Karbachmühle aufwärts windet, stand damals im Ruf ergiebiger Vorkommen von edlem Erz.

Vor seiner Abreise beschenkte der Wällische jedes Mal die Müllersleute großmütig und kehrte mit dem Fund seiner Mühen reich beladen in die Heimat zurück. Mehrere Jahre hindurch wiederholte sich sein Kommen und Gehen.

Eines Tages brachte er sein Enkelkind, ein etwa siebenjähriges Mädchen namens Magdalena, mit, und bat die Müllersleute, es gegen gute Bezahlung aufzunehmen, weil es sonst in schlechten Verhältnissen groß geworden wäre.

Der Wällische erzählte, dass das Mädchen die Tochter seines Sohnes sei. Sein Sohn und einziges Kind sei ein gänzlich missratenes Subjekt, und dessen Weib sei nicht viel besser als der Gatte. Und so habe er als Großvater das Kind zu sich genommen, damit das schlechte Beispiel der Eltern es nicht auch noch verderbe. Er bitte die Müllersleute, das Kind aufzunehmen und fromm im katholischen Glauben zu erziehen.

Das bezaubernde Mädchen wurde gerne aufgenommen. Der Goldsucher gab den Müllersleuten einige Goldstücke für die Versorgung des Mädchens und stieg dann wieder in die Berge hinauf, kehrte aber von seinem letzten Streifzug nicht mehr zurück. Er blieb trotz aller Suchaktionen verschollen. Magdalena weinte bittere Tränen um den Großvater und war kaum zu trösten.

Das Mädchen reifte heran und war von einer Schönheit und einem freundlichen Wesen, dass es allen ans Herz wuchs. Obwohl die Goldstücke des Großvaters längst verbraucht waren, sorgten die Müllersleute weiter für das Mädchen. Die Söhne des Karbach-Müllers wuchsen wie auch Magdalena heran, und oft gab es nun Zank um das hübsche Mädchen.

Die Söhne wussten, dass der Müller nicht mit einer Vermählung mit Magdalena einverstanden wäre. Viele Jünglinge der Gegend warben um das hübsche Mädchen, wurden jedoch abgewiesen.

Magdalena war einem der beiden Söhne zugetan, wusste es aber gut zu verbergen. Um Streit auszuweichen, ging Magdalena schweren Herzens als Sennerin auf die Karbachalm. Vergeblich versuchte sie auch, ihren Großvater zu finden. Oft betete sie bei den zwei menschenähnlichen Felstürmchen unterm Hochkogel, die der Sage nach von einer längst zerfallenen Kirche herrühren sollen. Bald nannte man die Örtlichkeit die »Heilige Magdalena«.

Zwei Sommer gingen so dahin, bis schließlich der ältere der beiden Müllerssöhne die Erlaubnis des Vaters erbat und um Magdalenas Hand anhielt. Nun konnte Magdalena ihre Gefühle offen zeigen und die beiden Verlobten kehrten glückstrahlend zur Mühle zurück, wo sie herzlich willkommen geheißen wurden. Der jüngere Sohn des Hauses aber war von diesem Tage an verschwunden. Wie man später erfuhr, verdingte er sich als Landsknecht in den damaligen Kriegen, wo er seinen Tod fand.

Der Müller hatte einen Bruder, der Pfarrer in Schörfling am Attersee war, und so wurde bestimmt, dass das Paar persönlich die Ladung zur Hochzeit überbringen sollte. Auf dem Rückweg trafen sie bei Pinsdorf auf einen Wagen, bespannt mit einem elenden, abgemagerten Gaul, der den Karren kaum ziehen konnte. Ein altes Weib und ein Mann, fast gleich alt und heruntergekommen, standen neben dem Pferd und schlugen auf das arme Tier ein.

Magdalena erkannte in der fremden Sprache ihre Muttersprache und ermahnte die beiden zerlumpten Gestalten, nicht zu

Blick auf den 1287 m hohen Rötelstein. In circa 600 m Höhe liegt der Eingang zur Rötelseehöhle.

fluchen und das arme Tier in Ruhe zu lassen. Die Fremden – erstaunt, ihre Mundart zu hören – befragten das Mädchen, woher es stamme. Und so ergab ein Wort das andere, und endlich enthüllte sich, dass es Magdalenas Eltern waren, die ungebessert durch die Jahre im Land herumzogen, um als Gaukler und Wahrsager ihr Brot zu verdienen.

Magdalenas Vater verfluchte den Großvater, weil dieser sein Geld nicht ihm, sondern Magdalena hinterlassen hatte. Das Geld war in der Heimatstadt des Alten für das Mädchen hinterlegt. Es war eine harte Prüfung für Magdalena, als ihre Eltern zeternd weiterzogen, ohne sich um sie zu bemühen.

Viele Jahre gingen dahin. Magdalena hatte zwei Söhne geboren, ihre Zieheltern waren inzwischen kurz hintereinander nach einem glücklichen Leben verstorben. Die beiden Söhne wuchsen zu stattlichen Burschen heran.

Da kam eines Tages eine Ziege nicht mehr von der Weide zurück in die Karbachmühle. Magdalenas Söhne machten sich auf, das Tier zu suchen und stießen dabei nach gefahrvollem Umhersteigen in den steilen Bergflanken auf den Eingang der ihnen unbekannten »Rötelsteinerhöhle«.

Darin trafen sie zwar – angeblich am jenseitigen Ufer des kleinen Sees – die Ziege wohlbehalten an, fanden jedoch zu ihrem Entsetzen auch ein menschliches Skelett, neben dem ein Amulett mit einer Christusfigur aus Metall lag.

Das verängstigte Tier wurde geborgen und Magdalena erkannte anhand des mitgebrachten Amuletts, dass es sich bei dem Toten um ihren Großvater, den Wällischen, handeln musste. Die Gebeine wurden in Traunkirchens geweihter Erde bestattet.

Lange noch lebten Magdalena und ihr Ehemann glücklich und geachtet.

Wissenswertes

[1] Wällische oder Welsche: Mit dieser Bezeichnung waren Menschen aus romanisch-sprachigen Gegenden wie Italien oder Teilen der heutigen Schweiz gemeint. Sie galten schon damals als ausgezeichnete Bergleute.

Beim schwierigen Bau der Straße (1856–1861) mit den vielen Tunneln zwischen Ebensee und Traunkirchen sowie beim Bau der Eisenbahn (ab 1875) und der Wildbachverbauung des Langbathbachs waren hauptsächlich Fachleute aus dem heutigen Italien im Einsatz.

Auch von dieser Sage gibt es mehrere unterschiedliche Fassungen. In einer davon ist der Wällische in der Figur des »Kraxentoni« wiedergegeben und Magdalena war darin Sennerin sowohl auf der Karbachalm als auch auf der Spitzlsteinalm. Unsere Sage bezieht sich auf den Text aus dem Buch von J. Lechner: Volkssagen und Schilderungen prachtvoller Gebirgsausflüge, 1859, S. 6.

Die »Karbachalbm« (Karbachalm) wurde 1583 erstmals urkundlich erwähnt, allerdings sind heute keine Spuren der Alm mehr vorhanden.

Die Rötelseen

Im Schoße der »Schlafenden Griechin« hausten in der Rötelseehöhle[1], so erzählt die Sage, die Zwerge mit ihrem König Rötel.

Sie waren es, die mithilfe der Hexe Kranawitha dem Riesen Erla die Hochzeit mit dem von ihm über alles geliebten Nixlein vom Laudachsee ermöglichten. Die Hexe verzauberte den Riesen in einen stattlichen Ritter. Und es war jener König Rötel, der mit seinen Zwergen das Seeschloss Orth erbaute, in dem die beiden Hochzeit feierten und wohnten.

Das Glück der Liebenden währte freilich nur einen Sommer, erzählt die Sage vom »Riesen Erla« weiter, denn Nixen dürfen sich lediglich über diesen kleinen Zeitraum in Menschen verwandeln. Als im Herbst Traunstein und Feuerkogel im ersten Schnee leuchteten, lag das Laudachsee-Nixlein tot im Seeschloss.

In der darauffolgenden Vollmondnacht kamen die Zwerge über den Traunsee gerudert. Sie betteten die Nixe in einen Silbersarg und ruderten zu jener Stelle, an der der See am tiefsten war, zwischen dem Traunstein und Traunkirchen. Dort ließen sie den Sarg in die Tiefe gleiten.

Traunseefischer erzählen noch heute, dass man den Silbersarg in klarer Vollmondnacht und bei windstillem, spiegelglattem See um Mitternacht aus der Tiefe leuchten sieht.

König Rötel aber zog sich mit seinen Zwergen trauernd in seine Höhle zurück und verschloss den mächtigen Eingang mit Wasser, dem heutigen Rötelsee. Erla aber stieg wieder in seiner ursprünglichen Gestalt als Riese in die Berge.

Der Erlakogel in Ebensee ist nach ihm benannt. Wenn bei Unwettern Felsen und Lawinen seewärts stürzen, raunen die Uferbewohner: »Der Riese ist wieder am Werk.«

Wissenswertes

[1] Die Schreibweise differiert in der Überlieferung: So ist sowohl »Röthel« als auch »Rötel« zu lesen.

Der Name »Rötel« bezieht sich auf die teilweise rot eingefärbte Wand des Bergs und ist namensgebend für den Berg (Rötelstein), den Bach und die Höhle. Die Rotfärbung des Gesteins (Hierlatzkalk) ist auf die Beimengung von verschiedenen Eisenoxiden zurückzuführen.

Der Rötelsee ist einer der wenigen unterirdischen Seen im gesamten Salzkammergut.

Beschreibungen aus Reiseführern des 19. und beginnenden 20. Jahrhunderts (im folgenden Absatz zusammengefasst):

»Der Rötelsee war ein beliebtes Ausflugsziel. Man fuhr mit einem Boot zur Karbachmühle am Ostufer des Traunsees, von wo aus ein Weg am Seeufer zum Anstieg führte. Zur »Ausrüstung« gehörten Taschenlampen oder Fackeln. Nach steilem Anstieg ging es wiederum steil hinab zum See. Der See lässt an Romantik nichts zu wünschen übrig. Je nach Beleuchtung, besonders wirksam ist eine bengalische, spiegelt sich die Decke der Höhle im See. Früher lag auch ein kleiner Schupfer (Ruderboot) am Ufer …«

Der Steilanstieg zur Rötelseehöhle ist nicht markiert und wird nach Auskunft der Bergrettung Gmunden auch nicht gepflegt.

Die Höhle ist gut erforscht und weitaus länger, als ursprünglich angenommen wurde. Der Höhlenforscher Erhard Fritsch schreibt in seinem Artikel zur Rötelseehöhle, dass mittlerweile von vier Seen die Rede ist. Erforscht wurden sie im Jahr 2000. Seither gab es weitere Tauchgänge, die immer mehr Gänge und Weitungen zutage brachten.

Kleine Höhlengeschichte von Erhard Fritsch (Zitat):

»Stets war von der Höhle im Prinzip nur der erste, eingangsnahe See bekannt, sieht man von der Erkletterung des Rauchfangschlotes an seinem hinteren Ende durch Hans Hernler am 17. Mai 1882 und zweier im Februar 1886 bei Niedrigwasser durchgeführten Sprengungen einer Felsbarriere ab, bei der man die kleine sog. 2. Grotte entdeckte. Mangels entsprechender Tauchtechnik war aber hier auf fast 100 Jahre Schluss.

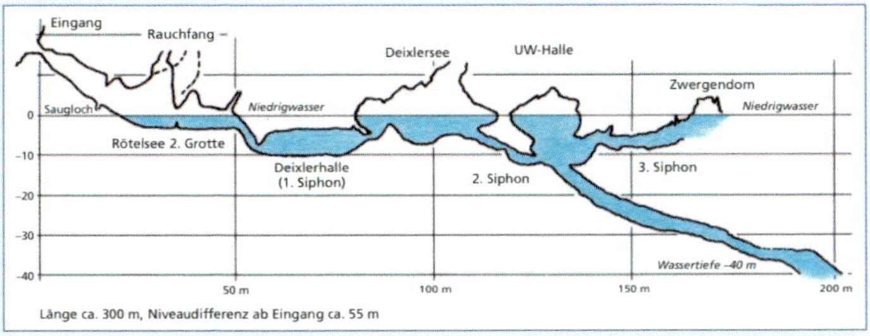

Abb. 7: Längsschnitt der Rötelseehöhle (2009).
Fig. 7: Longitudinal section of the Rötelseehöhle (2009). Plan: Tauchschule Traunsee (Stand 14.6.2009)

Erst im Jahre 1982 gelang der erste erfolgreiche Tauchvorstoß, bei dem nach einer Unterwasserstrecke von 65 m der 2. See (Deixlersee, 35 x 12 m Fläche) erreicht werden konnte.

Zwischen 1996 und 2011 folgten weitere Expeditionen, wobei in der UW-Halle (3. See) und nach dem 3. Siphon im kleinräumigen Zwergendom (4. See) jeweils aufgetaucht werden kann (erforscht im September 2000). Aus der UW-Halle gelang ein Vorstoß bis in eine Wassertiefe von über 40 m.

Die Gesamtlänge der Rötelseehöhle (Stand 2011/12) hat der Höhlentaucher Gerhard Wimmer mit 391 m angegeben. 1999 waren es lt. Angaben der Tauchschule Traunsee (Traunkirchen) erst 170 m. Die maximale Horizontalerstreckung der Rötelseehöhle erreicht etwa 200 m, gemessen vom Eingang in Richtung Nordost bzw. Ost, sie reicht also 200 m in dieser Richtung in den Berg hinein.

Tauchgänge in Höhlenlabyrinthe sind keinesfalls für Anfänger geeignet, erfordern Teamarbeit und Erfahrung sowie zur sicheren Auffindung des Rückwegs unbedingt die Verankerung einer Führungsleine. Aufgewirbelter Schlamm kann zudem die Sicht unter Wasser extrem trüben.«

Die Moritat vom Rötelseegold

(Aus: Erhard Fritsch: Die Rötelseehöhle am Traunsee – Die Geschichte ihrer Erforschung und wissenschaftliche Auswertung; Die Höhle, 65. Jg., Heft 1–4, 2014.)

Werkmeister Franz Pergar (1861–1947), Angestellter der Solvay-Werke und von 1933 bis 1941 Obmann des Vereins für Höhlenkunde in Ebensee, scheint ein rechter Schalk gewesen zu sein. Eines Tages nutzte er die Goldgier seiner Gefährten für einen deftigen Scherz:

Nach der Rückkehr von einer gemeinsamen Rötelsee-Tour verteilte er an seine Kameraden Kneissl, Polanschütz und Reinbacher Lehmklumpen, die er zuvor mit kleinen Messingstücken präpariert hatte. Er hatte sie vor den Augen aller am Ufer des Rötelsees aufgesammelt.

Als man die Klumpen genauer untersuchte, ging ein Aufschrei durch die Runde, weil einer der heimlichen Schatzsucher die lehmverkrusteten, aber deutlich goldgelb glänzenden Bestandteile entdeckt hatte.

Sie eilten daraufhin sofort zum Goldschmied Voglhuber in Ebensee, der – von Pergar entsprechend instruiert – nach einem Lötwassertest scheinheilig bestätigte, dass es sich eindeutig um pures Gold handle!

Abends im Wirtshaus wurden bereits große Pläne geschmiedet, was man alles mit dem künftigen Reichtum anfangen könnte, und Kneissl beschloss, gleich am nächsten Tag wegen der Schürfrechte nach Linz und weiter ins Ministerium nach Wien zu fahren.

In der Nacht schlief keiner der vier wirklich ruhig, am wenigsten Pergar, galt es doch, Kneissl noch rechtzeitig von seiner Reise abzuhalten.

Schon um fünf Uhr früh klopfte Pergar bei ihm an und erklärte dem noch Schlaftrunkenen den wahren Sachverhalt. Er erntete jedoch zunächst nur Unverständnis, weil der Goldschmied die Funde ja geprüft hatte. »Jå, schon, åba des hån i vorhea mit eahm so ausg'mächt«, meinte Pergar trocken. »Du verdammter Gauner!«, entfuhr es dem Geprellten, der gleichzeitig nur noch die schweren Schuhe seines Besuchers die Treppe hinabpoltern hörte.

Pergar blieb dann den ganzen Tag über verschwunden.

Die Geschichte mit dem angeblichen Gold vom Rötelsee gelangte trotz aller Geheimhaltungsversuche unter die Leute und man ergötzte sich an dem gelungenen Streich Pergars, während den Gefoppten ein gewisser Spott sicher war.

Wissenswertes

Die ob ihrer Gier nach irdischen Gütern vergleichsweise modern anmutende und gleichzeitig zum Schmunzeln anregende Geschichte soll sich laut eines alten Zeitungsberichts aus dem Jahr 1903 so zugetragen haben. Erzählt hat sie einst Baumeister Anton Pesendorfer aus Traunkirchen, Mitglied des Vereins für Höhlenkunde in Ebensee und Mit-Erbauer der Hütte bei der Gassel-Tropfsteinhöhle im Gasselkogel in Ebensee. Solche und ähnliche Moritaten werden heute noch gern in der »Ebenseer Faschingszeitung« veröffentlicht.

Das Gimbachtal – ein Naturerlebnis.

Sagenweg 7

Gimbach / Mitterecker

Der Wiesensee – *Erzählung von Monika Detamble*

Die verfallenen Almen – *Erzählung von Ursula Rohrweck*

Die Kotzenfresserstube

Sagenweg 7 · Gimbach/Mitter

Der Wiesensee

Der Wiesensee

Warum der Wiesensee immer wiederkommt

Erzählung von Monika Detamble, Ebensee 2021

Der Wiesensee nahe dem Mittereckerstüberl in Ebensee ist ein Wunder. Er hat nämlich eine besondere Eigenart: Wie von Zauberhand entsteht er, und nach ein paar Tagen ist er wieder weg – einfach so! Aber wieso ist das so? Als Kind erzählte man mir, dass der Löwe vom Löwendenkmal zwischen Ebensee und Traunkirchen jährlich vorbeikommt und den ganzen See leer trinkt. Oder dass der See bei niedrigen Temperaturen gefriert und der Riese Erla ihn als Eiswürfel in seinen Apfelsaft tut. Es gibt aber einen, der erfuhr vor nicht allzu langer Zeit die unfassbare Wahrheit ...

Wie alle echten Sagenhelden hatte der Hias eine fatale Schwäche. Er weigerte sich zu glauben, dass er extreme Schweißfüße hatte – die Wahrheit war aber, dass er sehr darunter litt.

Selbst im Frühling trieb ihm die kleinste Wanderung die Schweißperlen nicht nur auf die Stirn, sondern bis in die Zehenspitzen.

Völlig schweißdurchnässt erreichte er gerade nach einer Hochkogel-Wanderung das Tal. Er war so überhitzt, er dachte, es wäre eine Fata Morgana, als plötzlich der See vor ihm sichtbar wurde. Er hatte den kleinen, schönen See noch nie zuvor hier gesehen. Die Abkühlung kam wie gerufen!

Idyllisch lag der See zwischen Wald und Wiese. Gerade als er einen großen Schluck aus dem glasklaren See getrunken hatte, sah er, dass er nicht allein war: Ein Goldschopf schaute aus dem Wasser.

Der zauberhafte Wiesensee mit Blick auf den Hochkogel.

»Wer bist jetzt du?«

»Nix.«

»Wås nix?«

»I bin a Nix! I bin die Nixe der Wünsche. Mir gefällt es so gut hier in Ebensee, drum komme ich einmal im Jahr extra her und mache ein paar Tage Badeurlaub.«

»Åba normalerweis is då koa See. Håst du dir do extra a Båd einglåss'n?«

»Jå! Der Wiesensee is so ruhig gelegen, das ist besser als jede italienische Urlaubsinsel. Weißt du, auch Nixen wollen mal woanders auf Urlaub sein, denn den Laudachsee kenn ich schon auswendig.«

Da hatte sie recht, ein Tapetenwechsel kann nie schaden! Trotz seines Erstaunens über das ungewöhnliche Treffen zeigte sich der Hias gastfreundlich und teilte seinen Steckerlfisch mit ihr. Sofort waren sie sich sympathisch.

»Wås, und du erfüllst Wünsche?«, wollte der Hias dann wissen.

»Jå, aber erzähl's håld keinem weiter. Sonst kommen zu viele Touristen. Wås wünschst da denn?«

»Boa, i woass går ned. Uns geht's eh so guad im Såizkåmmerguad ...«

Übereifrig dachte er nach und dann wünschte er sich eine neue Gartensense. (Zu jener Zeit war dies ungefähr das Äquivalent zu einem Rasenmäher-Roboter.)

Also ging der Hias nach Hause und erfreute sich der neuen Sense. Er war so glücklich, dass er sich dachte: »Morgen geh i noch mal hin und wünsch mir noch wås!«

Am nächsten Tag kam er wieder zum Wiesensee und hatte reichlich Traunsee-Steckerlfische mitgenommen. Die Nixe war wieder am Baden, und dieses Mal wünschte er sich: »Nur noch gutes Wetter in Ebensee, jeden Abend ganz lang Sonne!«

Am dritten Tag kam er ganz frühmorgens: »I mecht da König vom gånzen Såizkåmmerguad werd'n!«

Am vierten Tag wusste er schon wieder einen Wunsch: Er wollte gerne die schöne Liesl als Ehefrau haben! Doch kaum kam er an, war er überrascht: Der See war weg! Einfach so! Die Nixe war nämlich voll entspannt nach dem Urlaub wieder abgereist.

Alles, was zurückblieb, waren eine schöne bunte Wiese und ein Badewannenstöpsel, der gezogen worden war. Ratlos ging der Hias nach Hause.

Genau wie sie gesagt hatte, kehrte die Nixe erst ein Jahr später zurück. Lustig drehte sie ihre Runden im Wiesensee und genoss die Waldesstille.

Da kam der Hias vorbei. Im Gegensatz zur Nixe sah er überhaupt nicht entspannt aus! Er hatte dunkle Augenringe und einen Sonnenbrand.

»Na, wie geht's dir?«

»I såg das, du liabe Nix!«, seufzte der Hias, als er die Füße im Wasser baumeln ließ, »des letzte Jåhr wår a Schas! I bin vü zu faul fia an hohen Postn! I bin glei z'rucktret'n, weil des is ma vü zu vü

Årbeit! Und wegen der Sense waren mir ålle so neidig, dånn håb i's dem årmen Håns g'schenkt, der håd's mehr braucht ois i! Und de Sonn håd fü zu oft g'scheint, i kånn's nimma seng! I mecht liaba, dass wieda amoi regnat wiad!«

»Du bist a Hirsch! Åiso woas eh vorher bessa!«, sagte die Nix. »Und? Wünschst da jetzt wås åndas?«

»Na, nix«, sagte der nun viel schlauere Hias, als er aus dem See stieg und sich ans Ufer setzte. »Nur a bissi a Åbkühlung, mehr brauch i eh ned.«

Und heute noch kommt die Nixe der Wünsche einmal im Jahr zu Besuch und lässt sich im Ebenseer Wiesensee ein Bad ein – und wer sich traut, der wünscht sich was von ihr, während er drin badet!

Wissenswertes

»Der Wiesensee beim Mittereckerstüberl (10 Gehminuten entfernt) ist ein besonderes Naturereignis. Wie von Zauberhand entsteht alljährlich zur Zeit der Schneeschmelze ein kleiner See. Das Becken des Sees ist ein sogenanntes Toteisloch, in dem vor circa 15.000 Jahren nach dem Abschmelzen der Gletscher Eisreste zurückblieben. Zur Zeit der Schneeschmelze und bei Hochwasser überwiegt der Zufluss an Wasser den Abfluss, und das Seebecken füllt sich.«

Textquelle sowie mehr Informationen zum Wiesensee: *https://ebensee.naturfreunde.at/ueber-uns/huetten-haeuser/mittereckers-tueberl/wiesensee/*

Die verfallenen Almen

Erzählung von Ursula Rohrweck, Ebensee 2022

Geht man den Gimbach entlang gegen den Talschluss zu, so erreicht man das Gebiet der verfallenen Almen. Bis vor ein paar Jahren, bevor das Jahrhunderthochwasser von 2002 das Tal mit Geröll anfüllte und die Landschaft grundlegend veränderte, konnte man den Grundriss zweier Almhütten am Wegesrand entdecken. Heute liegen diese Zeugen der Vergangenheit unter einer dicken Schotterschicht, die der Gimbach mit sich führte.

Das Gimbachtal hat einen ganz besonderen Reiz. Der kristallklare Gebirgsbach lädt an Schotterbänken dazu ein, die wunden Füße der müden Wanderer, die vom Hochkogel oder vom Mitterecker kommen, zu kühlen. Kinder errichten dort gerne kleine Dämme, damit Tümpel zum unbeschwerten Planschen entstehen. Lediglich die lästigen beißfreudigen Bremsen trüben im Sommer das Idyll.

Vor Jahren waren jene beiden Almen bewirtschaftet. Jäger und Holzknechte kehrten dort gerne ein, um einen arbeitsreichen Tag in geselliger Runde mit einer deftigen Jause und dem einen oder anderen Schnapserl ausklingen zu lassen.

So trug es sich zu, dass an einem Freitag im August die Holzknechtpass des Hofer Anderl in einer der Almen einkehrte und lärmend den Feierabend bei Holzknechtnocken, Erdbeermus und einem Glas frischer Milch genoss. Danach brachte die Sennerin jedem ein Buderl »Voglbeeran« (Vogelbeerschnaps).

In der nebenan gelegenen Alm waren die kaiserlichen Jäger eingekehrt. Sie hatten den ganzen Tag über nach prächtigen Rehböcken und Hirschen für die kaiserliche Jagd Ausschau gehalten. Die Suche war vergebens gewesen und bei ihrem Anführer, dem

Das wildromantische Gimbachtal.

Steiner Hans, wollte und wollte deshalb keine Feierlaune aufkommen.

Mürrisch, ja grantig saß er vor seinem Stamperl »Zwetschkernen«. Das fröhliche Lärmen und Lachen, das von der Nachbaralm herüberschwappte, ließ ihn nicht zur Ruhe kommen. So wuchs in ihm jene Wut, die er manchmal nicht mehr bändigen konnte. Hastig fuhr er in die Höhe und stieß dabei den Sessel um, auf dem er Platz genommen hatte. Seine genagelten Schuhe polterten über den Holzboden. Er stieß die Tür auf und stürmte zur Nachbaralm.

»Kreizkruzifix, sats es narrisch! A Ruah is!«, schrie er in die Runde. Jäh verstummten die Holzknechte und sahen einander betreten an. Da stand der Mattheis, einer der jüngeren Holzknechte, auf und stellte sich dem Jäger entgegen: »Du hast då går nix zum Sågn, Jaga! Schleich di wieda z'ruck zu deine Kaiserlichen!«

Die einfachen Leute waren auf die Jäger nicht gut zu sprechen, denn diese drückten nicht einmal in Notzeiten ein Auge zu, wenn so mancher verzweifelte Familienvater zum Wilderer wurde.

Die Streithähne standen sich gegenüber und plötzlich blitzten Messer auf. Niemand konnte hinterher sagen, wer von den beiden sein Feitel zuerst aus der Messertasche seiner Lederhose gezogen hatte. Die Fäuste um die Hirschhorngriffe geballt, gingen sie aufeinander los. »Aufhearn!«, schrie die Sennerin verzweifelt, »Um Gott's wün, tats eich net vasindign!« Doch die beiden Kampfhähne wollten nicht voneinander ablassen.

Nun sprangen zwei Holzknechte dem Mattheis zur Seite. In dem Kampfgetümmel wurde einer der beiden durch einen Messerstich verletzt. Er sank bewusstlos zu Boden. Blut rann in die Ritzen des Holzbodens.

Ernüchtert und entsetzt eilten nun alle dem Verletzten zu Hilfe, doch ihm konnte keiner mehr helfen. Unheimliche Stille breitete sich aus.

Ein jäher Donnerschlag riss alle aus ihrer Erstarrung. Gleich darauf fuhren mehrere Blitze hernieder und schlugen in die beiden Almen ein. Das dort gelagerte Heu entzündete sich, und die Menschen flohen hin zum Bach. Nun gab es weder Freund noch Feind. Eimer und andere Gefäße wurden gefüllt. Verzweifelt wurde versucht, die vom plötzlich aufgekommenen Wind angefachten Flammen zu löschen.

Alle Bemühungen blieben vergebens. Die beiden Almen brannten bis auf die Grundmauern nieder.

Die beiden Streithähne wurden ihrer gerechten Strafe zugeführt.

Heute noch heißt es, dass der so unglücklich zu Tode Gekommene in Vollmondnächten um Mitternacht wehklagend durch das Gebiet um die Almen streift und schließlich in den Fluten des Gimbaches wieder verschwindet.

Die zwei Almen wurden an anderer Stelle wieder errichtet.

Wissenswertes

Im Gimbachtal gab es mehrere Almen. Entlang des Bachs waren dies die »Vordere Gimbachalm« und die »Hintere Gimbachalm«.

Obige Geschichte ist frei erfunden, spiegelt jedoch das Verhältnis zwischen den Holzknechten und der Jägerschaft ein wenig wider. Zwar ging die Jägerschaft oftmals aus den Reihen der Holzknechte hervor, aber der Unterschied im Einkommen und Ansehen war beträchtlich.

Unmut kam bei den Holzknechten auf, wenn sie von ihren doch ganz gut bezahlten Akkordarbeitsplätzen abgezogen wurden, um als Treiber bei den kaiserlichen Jagden zu dienen. Dieser Dienst bedeutete einen Einkommensverlust für die Holzknechte, die als Treiber oft nur ein kleines Handgeld und das Essen bekamen.

Die Kotzenfresserstube

Die Kotzenfresserstube

Eines Tages machten sich zwei Ebenseer Holzknechte auf den Weg zur Arbeit in den Wald unweit des Gimbaches und des Offenseebaches. Der Holzmeister hatte sie mit der Schlägerung einiger großer Fichten und Buchen beauftragt. Schon am Vortag waren sie mit dem Meisterknecht in diesem Schlag gewesen. Nun sollten sie die Arbeit zu Ende bringen, damit die Fuhrleute die Baumstämme nach Ebensee zur Miesenbachmühle transportieren konnten, wo die Stämme zu Brettern und Balken verarbeitet werden sollten.

Mit der Zugsäge schnitten die beiden Holzknechte einen Baum um. Als es nicht recht voranging, sagte der eine ungeduldig: »So fall doch endlich um!« Der andere meinte darauf: »Sag doch wenigstens dazu: Wenn es Gottes Wille ist.« Der ungeduldige Mann, der schon viele Jahre im Wald ein Zubrot für seine Familie verdiente und wegen seiner Armut oft mit Gott haderte, aber meinte: »Das ist mir einerlei, ob es Gottes Wille ist oder nicht.«

Da fiel der Baum wirklich um und erschlug mit einem starken Ast den Holzknecht, der gegen Gott gelästert hatte. Der Kamerad konnte ihm nicht mehr helfen und machte sich daran, den Leichnam zur Holzknechtstube zu tragen. Die Last wurde ihm schwer und immer schwerer.

Als er schließlich seinen Kameraden in die Hütte gebracht hatte, legte er ihn am Boden ab und deckte ihn mit einem Kotzen (grobe Wolldecke) zu, damit der Tote seine Würde wahren konnte und vor neugierigen Blicken sicher war.

Nach einer Weile bemerkte er, dass die Leiche an dem Kotzen, mit dem sie zugedeckt war, herumbiss. Voll Erstaunen sagte er: »Ich habe geglaubt, du bist tot, und jetzt frisst du den Kotzen.« Darauf antwortete die Leiche mit unheimlicher Stimme: »Erst fress' ich den Kotzen, dann dich!«

Der Holzknecht erschrak. Grauen erfasste ihn. Er nahm die Beine in die Hand und lief, so schnell er konnte, aus dem Tal Richtung Steinkogel. Immer wieder warf er einen Blick über die Schulter zurück und musste mit Entsetzen feststellen, dass der Tote sehr flink auf den Beinen war und immer näher kam. Er war ihm auf den Fersen, um ihn zu erwürgen.

Endlich erreichte der Verfolgte das Kreuz beim Mariengasthaus und umklammerte es in seiner Not mit Armen und Beinen. Im selben Augenblick war der Tote verschwunden.

Seither spukt es in der Dürrnleiten. Die Holzstube aber bekam den Namen »Kotzenfresserstube«.

Marterl mit Sagentext.

Das Schloapfkreuz.

Wissenswertes

In der Nähe des Mariengasthofs in Steinkogel an der alten Straße zum Offensee befindet sich rechts am Straßenrand ein Marterl, das an diese Sage erinnert. Es ist ein »Herz Jesu«-Marterl. Dort ist eine alte Fassung dieser Sage zu lesen.

Ein Kreuz beim Mariengasthof, wie in der Sage erwähnt, ist nicht belegt. Etwas weiter entfernt steht an der Offenseestraße das sogenannte »Schloapf-Kreuz«. In der heutigen Form wurde es erst 1906 errichtet. Es erinnert an die mühevolle und gefährliche Arbeit der Holzknechte und Fuhrleute.

Wahrscheinlich kommt der Name dieses Kreuzes von »schloapfn« – schleifen. An dieser Stelle führte der Weg früher steil zum Bachufer hinab und an der anderen Seite ebenso steil bergauf. Um die Steigungen mit den Holzfuhrwerken bewältigen zu können, wurden über zwei Räder »Schloapfschua« gezogen. So konnte die Fuhre wie ein Schlitten auf eisernen Kufen leichter über die schwierige Wegstrecke gebracht werden.

Sagenweg 8
Offenseegebiet

Vom Ungetüm

Die Wasserfeen vom Offensee – *Erzählung von Ursula Rohrweck*

Sagenweg 7 - Gimbach/Mitter

Vom Ungetüm

In der Steinbachlklause[1] im Gebiet von Ebensee nächtigte während der Woche der Meisterknecht Jöring Simmerl mit seiner Pass Holzknechte. Diese ersparten sich so den weiten Weg zu ihrem Arbeitsplatz. Versorgt wurden sie vom Geimel (der jüngste Holzarbeiter), der dazu da war, die niederen Arbeiten, wie die Zubereitung des Essens, die Versorgung mit Wasser und die Instandhaltung der Unterkunft, zu gewährleisten.

Eines Morgens zur Neumondzeit war plötzlich ein Mann aus der Unterkunft verschwunden. Schuhe, Kleider und Werkzeug lagen noch an dem Platz, an dem er sie am Abend zuvor abgelegt hatte. Nachdem das Verschwinden bemerkt worden war, machten sich die Holzknechte sofort auf die Suche nach ihrem Kameraden. Jedoch war alles Suchen umsonst.

Zum Wochenende kehrten sie aus dem Wald in den Ort Ebensee zurück und meldeten sogleich den Vorfall. Die Knechte waren bedrückt, denn ihr Kamerad war ein lustiger und fleißiger Kerl gewesen, auf den man sich bei der gefährlichen Waldarbeit immer verlassen konnte. Der Jöring Simmerl, der Meisterknecht, hatte die schwierige Aufgabe zu erledigen, der Frau des Kameraden die Nachricht von seinem spurlosen Verschwinden zu überbringen. Das Leid und die Not der Familie würden ohne den Mann und Vater groß sein.

Immer wieder suchte man nach dem Verschollenen. Die Wochen vergingen, ohne dass sich irgendeine Erklärung fand.

Beim nächsten Neumond fehlte nach einer sehr stürmischen Nacht wieder ein Mann. Dieses Mal war es der Stärkste der Pass, der verschwunden war. Alle Kameraden meinten, dass sie im tiefen Schlaf etwas gehört hätten. Das Suchen und Forschen führte

Der Grieseneckbach mit dem Steinberg im Hintergrund.

abermals zu keiner Spur. Von nun an hielten immer zwei Mann Nachtwache.

Da sich zwei Wochen lang nichts ereignete, wollten sie schon die Wache weglassen. Sie berieten miteinander, was sie tun sollten. Einer der Holzknechte gab zu bedenken, dass man besser daran tat, die Wache fortzusetzen, und konnte seine Kameraden umstimmen. Er mahnte: »Auf d'Wocha wird da Mond krånk, we woaß, wås's då wieda gibt. Wåchtn ma nu!« (Mundartübersetzung: »Nächste Woche ist wieder Neumond, wer weiß, was da geschieht. Warten wir noch!«)

In einer Regennacht in der neuen Mondwoche schreckten die beiden Wächter, die beim Herd ein »Dungerl« (Schläfchen) hielten, durch einen kühlen Lufthauch auf. Zur Tür schob sich lautlos eine riesengroße, schemenhafte Gestalt herein und schlich gegen die Grat[2].

Da es in der Hütte sehr dunkel war, mussten die beiden Männer schnell handeln und schlugen mit ihren Äxten geradewegs in die Richtung der Erscheinung. Ein jäher Aufschrei bekundete, dass das seltsame Ungetüm getroffen worden war. Es floh durch die Tür in den Wald hinaus.

Als es gegen Morgen heller wurde, gingen die Holzknechte mit Äxten bewaffnet vor die Hütte. Eine frische Blutspur führte sie bald zu einer versteckt liegenden Höhle. Dort fanden sie das menschenähnliche, behaarte Ungetüm mit einer klaffenden Wunde im Nacken tot auf.

Menschenkleider und Totenschädel lagen umher. Einige Kleiderreste der unglücklichen Kameraden fand man am Eingang zu einem tiefen Schlund. Nachdem sie sich von dem grausigen Anblick ein wenig erholt hatten, warfen die Holzknechte mit vereinten Kräften die Leiche des Ungetüms hinab in den Höhlenschlund. Erschüttert kehrten sie nach Ebensee zurück.

Seither hatte die Gegend Ruhe.

Wissenswertes

[1] Die Steinbachlklause befand sich am Steinbachl im Offenseegebiet. Der Wanderer passiert auf seinem Weg vom Offensee über die Fahrnau nach Ebensee eine Brücke. Dort kommen drei Bäche zusammen: der Grubenbach, der Steinbach und der Grieseneckbach.

[2] Die Grat war die Bettstatt der Holzknechte in den Holzknechthütten. Sie bestand aus einem Bretterverschlag mit Strohauflage.

In den Holzknechtunterkünften war das Leben sehr einfach. Aus den mitgebrachten Lebensmitteln wurden einfache, aber schmackhafte und kräftigende Speisen zubereitet. Der Schmarrn und die Holzknechtnocken wurden vom Geimel, dem jüngsten Holzarbeiter, zubereitet. In Ebensee werden die »Nocka« auch heute noch gegessen.

Holzknechtnocken (Rezept für ca. 4 Portionen)

3 Schöpfer glattes Mehl, 3 Schöpfer griffiges Mehl und eine kräftige Prise Salz (nicht zu wenig!) werden vermengt. Mit 6 Schöpfern kochendem Wasser wird alles zu einem geschmeidigen Teig verrührt. Daraus formt man kleine Knödelchen, die in kochendem Salzwasser ziehen sollen, bis sie an der Oberfläche schwimmen. Anschließend

werden sie in heißem Fett auf beiden Seiten goldbraun gebacken.

Zu den »Nocka« reichen die Ebenseerinnen und Ebenseer wie früher entweder in Butter gedünstete Äpfel, Walderdbeeren oder Sauerkraut.

Die Wasserfeen vom Offensee

Erzählung von Ursula Rohrweck, Ebensee 2021

Vor ein paar Jahren geschah es, dass sich mitten im Sommer Wundersames ereignete.

Eines frühen Morgens im August machte sich eine junge Frau auf den Weg. Ihre Wanderung sollte von Ebensee über die Fahrnau zum Offensee führen. Sie wollte die kühlen Morgenstunden nützen. So wanderte sie mit eiligen Schritten gegen Rindbach zu und erreichte schon nach kurzer Zeit den Wasserfall, der noch im Schatten lag. Die junge Frau genoss die Kühle, die von ihm ausging. Ein feiner Sprühnebel begleitete die Wasser, die sich über die Felsen ergossen. Sie hielt kurz inne. Mit geschlossenen Augen reckte sie ihr Gesicht dem Sprühnebel entgegen. Was war das für ein herrliches Gefühl, als die feinen Wassertröpfchen ihre Haut benetzten und kühlten.

Der malerische Offensee.

Nun schritt die Wanderin hurtig den Forstweg bergan. An ihrer rechten Seite rauschte der Rindbach zu Tal. Sobald sie sich umwandte, hatte sie einen herrlichen Blick auf das weite Talbecken von Ebensee und den gegenüberliegenden Feuerkogel.

Nach einiger Zeit gabelte sich der Weg. Die Frau wandte sich nach rechts, um den Übergang zum Offensee zu erreichen. Aus den Wäldern stieg Dunst auf. Es duftete herrlich nach den Kräutern und Blumen, die den Wegrand säumten. Auch das Nass des nächtlichen Gewitters war noch zu riechen[1].

Es ging in den Wald hinein und einen steilen Pfad bergab Richtung Offensee. Je tiefer sie stieg, desto dichter wurde der Nebel. Vorbei am Zusammenfluss von Steinbach und Grubenbach und an einigen Holzknechtstuben erreichte die Wanderin über die Forststraße entlang des Grieseneckbachs das Gebiet um den Offensee.

Blick vom »Sisi-Platzerl« auf den Offensee – Kaiser Franz Joseph und Kaiserin Elisabeth besaßen ein kleines Jagdschloss am See.

»Seltsam«, dachte die junge Frau, »es ist erst August! So dichter Nebel!« Ihre fröhliche Stimmung schlug jäh um, als sie merkte, dass es zudem empfindlich kalt geworden war. Sie fühlte sich unbehaglich und wollte möglichst rasch aus dem Wald hinaus und an das Seeufer gelangen. Sie hoffte darauf, dass der Nebel nur im Wald hängen geblieben war.

Als die Wanderin aus dem Wald trat, erblickte sie durch einen zarten Dunstschleier am Seeufer eine schemenhafte Gestalt. Am Himmel über dem Nebel war bereits die Sonne zu erahnen. Einzelne Strahlen zogen ihre Bahnen schräg zwischen den Bäumen zur Erde. In ihrem Licht tanzte ein Mückenschwarm.

Es war ein idyllisches Bild, das die junge Frau in ihren Bann zog: Die seltsame Gestalt hockte am Ufer und wurde von Sonnenstrahlen umschmeichelt, als ob sich der Nebel nur deshalb geteilt hätte, um die Aufmerksamkeit der Beobachterin genau dorthin zu lenken.

Vorsichtig auftretend, um das Wesen nur ja nicht durch ein plötzliches Geräusch aufzuschrecken, näherte sie sich langsam.

So etwas hatte sie noch nie in ihrem Leben gesehen. Dort am flachen Seeufer saß ein beinahe durchsichtiges wasserblaues Geschöpf und kämmte sein wogendes grünblaues Haar. Das Haar glich den Wellen, die der sanfte Wind auf die Oberfläche des Offensees zeichnete.

Verzaubert von diesem Anblick blieb die junge Frau stehen. Ein Summen wie von tausend Bienen erfüllte die Uferwiese. Aus dem Wasser stiegen mehr und mehr dieser seltsamen Wesen und gesellten sich zu der Gestalt auf der Wiese. Nun begannen sie, sich an den Händen zu fassen und im Rhythmus einer geheimnisvollen Musik, die nur für ihre Ohren hörbar war, zu wiegen.

Gebannt beobachtete die junge Frau das wundersame Schauspiel. Während all dies geschah, lichtete sich der Nebel ein wenig mehr, wärmende Sonnenstrahlen brachen durch und beleuchteten die gesamte Wiese am Ufer des Offensees.

Da hörte die Beobachterin des seltsamen Treibens ein zartes, trauriges Stimmchen: »Wir sind nicht allein!« Eine andere, jedoch tiefe Stimme antwortete aus dem Wasser: »Dann kommt doch schnell heim! Heut' soll es nicht sein.«

Plötzlich kam frischer Wind auf und Wellen klatschten ans Ufer. Der eben noch blaugrüne See wurde grau und unruhig. Der Nebel verdichtete sich wieder und die Wesen, es mögen wohl die sagenhaften Wasserfeen gewesen sein, waren mit einem Mal verschwunden.

Aus der Tiefe des Sees war zu hören: »Alle daheim! Alle daheim!«

Nun wagte die Wanderin wieder zu atmen. Sie hatte nicht bemerkt, dass sie den Atem angehalten hatte, um das wunderliche Treiben nur ja nicht zu stören.

Der Nebel hob sich. Lediglich einzelne zarte Dunstschleier zogen die Berghänge hinauf. Sie gaben den Blick auf den nun sonnenüberfluteten See frei. Die Wasseroberfläche glitzerte und lud zum Baden ein. Die Luft war weich und lau geworden.

Die junge Frau war sich nicht mehr sicher, all das wirklich gesehen, es erlebt zu haben. In ihrem Inneren spürte sie eine angenehme Wärme und tiefe Ruhe.

Sie setzte sich ans Ufer und gab sich dem Zauber des Sees hin. Wie lange sie so verharrte, wusste sie nicht zu sagen. Die Zeit floss dahin und hatte keine Bedeutung mehr.

Als die Sonne höher stieg, kamen immer mehr Menschen zum Wasser. Die Stille war dahin.

Noch Jahre später musste die Frau an diesen wundervollen, zauberhaften Morgen denken. Und immer, wenn sie daran dachte, erfüllte sie jene Wärme, jene Ruhe.

Ob das die Wasserfeen waren, die ihr dies zur Erinnerung mitgegeben hatten?

Wissenswertes

[1] Das Nass kann man durchaus riechen, sagt die Autorin. Wasserdunst, erdiger Duft, die aufsteigende kühle, feuchte Luft, angereichert mit ätherischen Ölen der Blumen und Kräuter. Es ist ein ganz besonderer einzigartiger Geruch nach Feuchtigkeit, Kräutern, Gras. Ein olfaktorisches Feuerwerk.

Ebensee ist umgeben von zwei Gebirgen (Höllengebirge, Totes Gebirge) und herrlichen Seen. Auch der Offensee verdankt – wie so viele andere Salzkammergutseen – seine Entstehung einem Gletscher. In diesem Fall floss der Offenseegletscher vom Toten Gebirge über das Tal des heutigen Offenseebachs und des Frauenweißenbachs Richtung Plankau (Ortsteil von Ebensee), um sich dort mit dem Traungletscher zu vereinen. Durch den Gletscher entstand ein tiefes Becken, das heute die Wasser des Offensees füllen.

In früheren Zeiten hatten die Menschen eine ganz besondere Beziehung zur Natur. Man war den Unbilden der Natur in weitaus höherem Maße ausgesetzt als heute. Oft konnte man sich seltsame Wetterumschwünge oder Wettererscheinungen nicht ausreichend erklären. Aus diesem Grund wurde die Natur mit Göttern und Naturgeistern belebt. Die den Geistwesen zugesprochenen – sehr menschlichen – Eigenschaften ermöglichten es den Menschen, die Unberechenbarkeit der Natur zu erklären. An manchen Orten kann man sich auch heute noch dem Zauber des Unerklärlichen hingeben.

Jagdhaus von Kaiser Franz Joseph am Offensee.

Anhang

English Version

The Treasure of the Kreithwand

The steep rock face north of the "Loipinggrube" on the foot of the Erlakogel, situated in the local district of Rindbach, is called "Kreithwand". There fishy things shall happen. On some days the "Kreith riffraff" behaves mischievously and plays a lot of nasty jokes.

Sometimes, it is said, the rock face opens and a dark corridor leads into the inside of the mountain where there should be heaps of gold and silver.

People claim that a person can get as far as the treasure and take it with them without speaking a word. Up to now nobody succeeded in doing so.

Once, on the 9th of July in 1835, a poor woman was looking for berries in the near of the Kreithwand. She had put down her baby boy on the foot of the rock face. He was sleeping calmly while his mother was picking berries into her pot.

The woman was tired and rancorous. Her husband had been dismissed because of some kind of quarrel and now their hardship was very big. Over there, on the other side of the River Traun were the brew houses of the salt works in which he had worked. Now he spent his days lazily without knowing what to do. It bothered him that he had been dismissed. As he was stubborn, he refused to apologize to his employer. He found no different kind of work and the family's misery became harder and harder.

The woman did all she could to get the daily bread. Even if she barely managed to do so, bitterness was nagging on her soul like a worm that ate all the good within her.

When she looked at her sleeping child, her eyes filled with tears and she murmured: "God shall punish all those that have barred my husband from work!"

Although it was early in the morning, the sun was shining brightly and it was hot this July. Suddenly the woman raised her head because she thought she had heard some noise. Thus she discovered a hole in the rock face just a few metres above the meadow. Instantly she climbed up the hillside and saw the tunnel that lead into the mountain.

She remembered the old stories and thought: "If I could get home with all the gold, our misery would end."

Courageously she entered the mountain and wasn't astonished when a white figure came towards her. The figure kept a finger in front of its mouth to remind the woman not to speak.

The woman nodded towards the figure to show her that she knew of the conditions and that she could be silent.

And really: She didn't have to go fast to see all the glittering. There were not small pieces of gold but big nuggets smudged with earth.

Just as the woman began to put nuggets into her pot, she heard her baby boy crying bitterly. Something terrible must have happened!

The woman left the pot and ran to the exit and down the hillside to her child.

Out of breath she reached her toddler who was still sleeping soundly. The woman shook her head. Her eyes wandered towards the brew houses on the other side of the valley. She put her hands in front of her mouth to suppress a cry, because the brew houses were burning brightly.

Full of anger and hatred she cried: "That's the righteous punishment for sacking my husband!"

At the very moment she could hear a tremendous thunder quite near her and the earth shook.

"The tunnel, the gold!" she screamed in horror and rushed up the hillside again. The entrance, however, was gone. Only her pot was left somewhere on a stone.

Weeping bitterly she sank down.

Since that very day, on which the brew houses had burnt down, nobody again saw the corridor that lead to the treasure in the "Kreithwand".

Annotation

The field name "Kreith" supposedly means "cleared".

"Loipinggrube": this is an abandoned gravel pit whose owner was Mr. Loiping. In the gravel pit there is thousands of years' old glacial polish.

Fire of the salt works: on the 9th of July in 1835 a fatal fire devastated the brew houses, numerous private houses and the wooden roof of the church.

The Katzenwoferl

Katzenwoferl lived in his hermitage in the mountains and only came into the valley when he carried his humpback sack full of herbs to the tavern "Zur Post". In the kitchen of the tavern, he was served a warm soup, which he ate slowly and deliberately, as if he wanted to enjoy every spoonful in particular.

Why did Woferl live a solitary life? Why did the children avoid him and why was he called a sorcerer by some? Well: The story of Katzenwoferl doesn't start in the hermitage, it ends there.

In his youth, Woferl was a reckless man and daredevil. He was one of those who liked to chase game, even if they had no right to do so. He didn't stick to the law very much, and so it happened that he finally got caught in the bad company of the red-haired witch Kunigunde.

Kunigunde could brew all kinds of potions, some for salvation and others for ruin. She knew the local herbs like no other person in this area. Secretly, the men sneaked to her when they needed a love potion, and the women only knocked furtively on her window when they asked for a balm.

The witch taught Woferl everything she knew. Soon he was able to prepare the brew of foxglove and common yarrow as well as his teacher. Now he accompanied Kunigunde to the wild night dances where the witches and their masters met.

At first Woferl was a bit shy, but later he joined in with all the amusements. This lasted for a fairly long time. Once, however, Woferl noticed a pitifully miaowing kitten under the feet of the dancing witches. He picked up the animal and held it in front of Kunigunde's nose so that she could heal it.

The red witch, however, wasn't in the right mood. She threw the kitten away so that it fell in front of the legs of a sorcerer, who trampled it to death with a satanic grin. At first Woferl was completely paralysed with fear. But after a moment, he was filled with rage and slapped the witch in the face and shouted: "All life is sacred!" At that moment there was a tremendous clap of thunder and all the members of the nightly dancing had disappeared.

Slowly, Woferl walked towards the village. There was great excitement: the red-haired witch was lying in the street. She was dead. Five bloody marks were running across her cheek, as if a giant cat had scratched her.

Woferl was seized, interrogated and finally arrested. He admitted that he had practiced sorcery with Kunigunde. For years he was imprisoned, and when he was finally released he didn't want to have anything to do with the people any longer. He retreated to the mountains and forests and built a hermitage in which he lived with his cats, because he was still good friends with the cats.

A cat had brought him misery, but it had also freed him from the clutches of wicked people.

Annotation

The Leutgebhaus (inn or tavern) "Zur Post" is the oldest inn in Ebensee. Originally, it was situated on the shore of the lake (Trauneck 5) but it had to give way for the construction of the salt works in 1604. Today the Hotel Post is located at the corner of Hauptstraße and Wirtsmüllergasse.

The Statue of St. John

The Statue of John

Since mid-December it had been snowing constantly. There were heaps of snow everywhere, especially so in the mountains.

However, on the 23rd of December, the air became mild and soft like in spring. The snow on the slopes was glittering and shining brightly. Due to the unusually warm weather, the masses of snow loosened on the mountain slopes and on the 24th of December, Christmas Eve, several avalanches rushed down into the valley.

The district magistrate of Ebensee, one of the most powerful men in the village, had finished his tour of inspection. Exhausted and tired, he went up the stairs to his home. He was longing for his cosy and comfortable fireplace, the delicious supper and his beloved daughter, Joan.

Yet, he was also thinking of his sorrows concerning his daughter, who was deaf and dumb. How often had he railed with God against his fate because of this misfortune?

Joan's mother died when giving birth to her daughter. Old Jackie, a faithful maid, took care of the baby then and she still cared for him and his handicapped daughter.

Learning that Joan could neither speak nor hear, Jackie coddled the child with even greater passion and love.

The district magistrate didn't spare any efforts or expenses in order to be able to help the girl. But neither the highly respected doctor from Gmunden nor the herb-wife from Traunkirchen could help his poor child.

The horror that had befallen the magistrate at first when he had realized his daughter's handicap had vanished. Yet, a quiet, lingering sadness and pity remained. How often had he called on God and asked for help in his prayers? Even now while he was walking up the stairs he stopped shortly to send a prayer to Heaven.

With concern, he watched the Sonnstein from where he heard an ominous rumbling noise from time to time.

His thoughts constantly went back to his daughter and sometimes he sent another silent prayer for her to Heaven: "Oh God, if you lack time, please send someone else to loosen her tongue – maybe her patron saint."

A deafening roaring sound pulled him from his thoughts. A tremendous avalanche rushed down from the Sonnstein to the lake.

"There won't be much damage", the magistrate supposed. At that time there was neither a broad road nor a railway running along the shore of the lake. Thus, the avalanche couldn't do any harm. He stopped for a while because the sunset painted the opposite Erlakogel into a shining red. Again he sorrowfully thought of his poor daughter.

Suddenly a boy came running from the lake shouting excitedly: "Joan! Joan!" The magistrate frowned. He didn't appreciate when people didn't respectfully address his daughter as "Miss Joan". "What's the matter?" he asked shortly. The boy pointed to the spot where the avalanche had rushed down and explained breathlessly: "She passed our house when walking to the lake. A rock hit her and now she is lying there like the dead."

Before the boy had finished, the magistrate was rushing down the stairs as fast as he could. The boy was hardly able to follow him. Villagers who saw the magistrate and the fisher's boy running joined them – partly out of curiosity, partly out of concern.

Miss Joan was found lying beside a big rock. The girl was still breathing but her father didn't know if she was seriously injured because she was unconscious.

He carefully lifted his daughter and carried her to his home. Immediately he sent old Jackie to fetch a doctor.

He had hardly put his daughter to bed when she opened her eyes. Joan saw the painful expression on her father's face. She hugged him and said smilingly: "My dear Father!" Full of astonishment the magistrate hardly dared to breathe. His daughter was able to speak – this miracle could only have been achieved by her patron saint.

In gratitude for the miraculous healing he had a big statue of John erected on the spot where the avalanche rushed into the lake.

Annotation

The district magistrate Joseph Anton Sydler von Rosenegg, imperial administrator in Ebensee, had the statue erected in 1710.

Today the statue is no longer in its original place, because it had to give way to a new road. Nowadays, it can be found beside the entrance of the Sonnstein-tunnel along the old road.

An inscription on the base of the statue reports that Joseph Anton Sydler von Rosenegg had it erected in gratitude for his salvation during a stormy crossing to Traunkirchen for mass.

The Cross of Bartholomew

One evening in winter, Bartholomew was sitting in front of the fireplace and was staring dead ahead into the flames. What a fool had he been last summer, when the hunters had nearly caught him poaching game! He could still hear their calls in his ears: "He must be there! He cannot get away!"

Of course, they would have caught him with the chamois and would have had the necessary proof, if he hadn't jumped desperately over the vertical rock face into the lake. He heard their shouting behind him: "He's dead! God have mercy on his soul!"

But Bartholomew was not dead. With the poached animal on his back he swam across the lake to Ebensee. Now and then, he had swum across the Traunsee. This time the water was nearly warm, but something burdened him and took his strength away. In addition, he was anxious about the dark black clouds towering above Gmunden, which were quickly coming nearer. Suddenly, dense fog fell from the mountains, blocking out all sight. The wind was still silent, the lake calm, but if the wind rose he would be in great danger within a few minutes. Often times, boats had drowned with all hands on their way to or from Sunday Mass in Traunkirchen and quite a few people didn't reach the saving shore.

Bartholomew wanted to shift the chamois on his back to make swimming easier for him, but he couldn't even move it a bit. He had the feeling that the dead animal was putting its hooves into his back as if they were sharp claws.

Terror overcame the swimmer. What was there on his back? His quarry or perhaps a wicked enemy, the Devil himself? Anxiety brought a lump to his throat. He struggled desperately to get on, yet he couldn't see the shore because of the dense fog. Bartholomew moaned and panted with the strain. Not the faintest light was to be seen. Had he got hopelessly lost and was now swimming to the middle of the lake instead of the shore? In the meantime, it had grown pitch-black. In fact, he should have reached the shore by now.

"Oh Lord", he moaned with a final effort, "if I get home safely tonight, in gratitude I'll erect a cross on the spot my leg touches the ground." As if on cue, a soft gust of wind blew across the water like a sigh. Bartholomew felt like he heard a voice coming out of the fog: "That's not enough. You have to promise something else." The poacher knew exactly what the promise would have to be. In despair, he gave the vow: "I solemnly swear that I will never again poach animals, if I escape with my life today."

That's how it had been on this day in summer. Since then he had kept his vow. The cross was put up and he had quit poaching. However, he couldn't help feeling a nagging uneasiness, a restlessness that had taken hold of him.

It had become cold in his room and Bartholomew took a piece of wood to throw it into the fire. Considering the log, a small, dark man seemed to be holding a crook toward him. Really, it should be possible to carve a figure out of this piece of wood. He took his knife and committed to the task immediately. He did better than he had thought. What he was holding in his hand was a shepherd with his crook. Encouraged by his success, he wanted to create more figures. Mary, Joseph, the angel and the Infant Jesus joined the shepherd and soon a lot of animals were gathering around the manger.

When everything was finished, Bartholomew's restlessness and uneasiness were gone. Without feeling any bitterness, he could think of his beloved mountains and the chamois. He didn't feel the constant urge to climb up mountains, he stayed at home.

Only his figures around the manger travelled all over the world.

The Knight of Karbach

Once upon a time there was a mighty fortress on a small peninsula in Karbach, a now deserted spot opposite Traunkirchen. On the very spot, there is the Karbachmühle, which was until recently a popular destination for day trippers.

This stately castle was inhabited by a famous house of knights, the Knights of Karbach.

The last offspring of this house had an eye on the amiable and beautiful daughter of a neighbouring knight – unfortunately an enemy to his family. The young and noble Karbach-knight had been fondly attached to the charming girl since he first saw her when attending a Holy Mass in the church of the monastery of Traunkirchen. The young lady returned his love. She, too, had an eye on the smart gentleman and lost her heart to him.

A trustworthy servant repeatedly set out across the lake to deliver secret messages of the lovers.

One day, the young knight rowed across the lake, his heart full of joy and happiness because he intended to ask for the girl's hand. Arriving at the neighbouring castle, he took all his courage to pronounce his desire to the girl's father.

The young lover, however, was bitterly disappointed and rejected with scorn and derision. His anger at full boil, the lord shouted: "Never in my life will I give you my daughter as a wife."

When wicked servants informed the furious father that his daughter was in love with the neighbouring knight, he showed no mercy and put the poor girl into the nunnery of Traunkirchen.

The desperate young knight, however, discovered where his beloved lady was. Without hesitating, he jumped into the lake one evening to visit his beloved girl. Suddenly, a cold gust of wind whipped across the lake and the sky became as grey as granite. The brave swimmer struggled through the waves, yet was mercilessly sucked down to the depths of the lake.

The young knight was never seen again. With his death the House of Karbach ceased to exist.

Das Kloster Traunkirchen – The Traunkirchen Monastery.

Danksagung

Wir bedanken uns für ihre Unterstützung und Mitarbeit bei:

Msgr. KonsR. Dechant Alois Rockenschaub
Dr. Franz Gillesberger, Museum Ebensee
Gerhard Spengler, Tourismusbüro Ebensee
Tourismusverband Traunsee-Almtal
Oberförster i. R. Alois Rainbacher
Erhard Fritsch, Höhlenforscher
Em. Univ.-Prof. Dr. Mag. Leander Petzold
Trauner Verlag
Dr. Walter Rieder
Mag. phil. Sarah Michaela Orlovský, Autorin
MSc BSc Monika Detamble
Martina Schrempf
Katrin Feichtinger
Bettina Bley
Ulrike Steinkogler
Karin Pollak
BEd Nadine Schmied
Firma Schubert & Franzke, Pläne und Karten
Sparkasse Salzkammergut, Zweigstelle Ebensee
Salinen Austria AG
POLYTEC PLASTICS
Bestattung Engl

Die Geschichten und Sagen auf den Audiodateien wurden eingelesen von:

Msgr. KonsR Dechant Alois Rockenschaub, Bürgermeisterin Sabine Promberger, Oberförster i. R. Alois Rainbacher, Mag. Karin Schmied, Mag. Markus Schmied, Mag. phil. Sarah Michaela Orlovský, MSc Kathrin Kefer, Reinhard Hörmandinger, Bettina Bley, Ulrike Steinkogler, Ursula Rohrweck, Christine Horn, Holly Lund (Native Speaker, Seattle, USA)

Quellenhinweise

Ahamer, Maria: Ebenseer Sagen, Broschüre im Eigenverlag.

Kittel, Erika: Höhlensagen aus den Alpen, 1970.

Petzold, Leander: Sagen aus Oberösterreich, Eugen Diederichs Verlag, München 1993.

Hitzenberger, Sabine: Sagen & Märchen vom Traunsee, herausgegeben von Erich Weidinger, Vereinigung Sezession LXXXVIII 1989.

Schüler und Lehrer der einjährigen Haushaltungsschule Ebensee: Der Riese Erla; WIGO Druck, Bad Ischl.

Oberösterreichisches Sagenbuch, herausgegeben von Dr. Albert Depiny, Linz 1932.

Kaftan, Erika: Wanderungen in der Sagenwelt des Salzkammergutes, Landesverlag 1992 (Kontakt trotz Recherche nicht möglich).

Baumgarten, P. Amand: Aus der volksmässigen Überlieferung der Heimat, 1864.

Hasslwander, Jolanthe: Sagenschatz aus dem Salzkammergut, Verlag Heinrich Javorsky, Gmunden 1965 (Kontakt trotz Recherche nicht möglich).

https://austria-forum.org/af/AustriaWiki/Liste_der_denkmalgesch%C3%BCtzten_Objekte_in_Traunkirchen

Rieder, Walter: Kapellen, Bildstöcke, Kreuze, Marterl, Denkmäler und Gedenktafeln auf dem Gemeindegebiet von Ebensee, Herausgeber: Orgelkomitee der Pfarre Ebensee, September 2012.

Rieder, Walter: 400 Jahre Salinenort Ebensee, 1607–2007, Band 1; Verlag Rudolf Wimmer, 2006.

Rieder, Walter: 500 Jahre Gasthäuser in Ebensee, 2. Auflage, erschienen im Verlag von Robbin D. Knapp, Ebensee 2019.

Lechner, J.: Volkssagen und Schilderungen prachtvoller Gebirgsausflüge aus dem k. k. Salzkammergute, 1859, S. 6.

https://www.zobodat.at/pdf/Hoehle_65_0073-0095.pdf – Fritsch, Erhard.

https://ebensee.naturfreunde.at/ueber-uns/huetten-haeuser/mittereckerstueberl/wiesensee/

Mattes, Johannes & Kuffner, Dietmar (Hg.): Höh(l)enluft und Wissensraum – Die Gassel-Tropfsteinhöhle im Salzkammergut zwischen Alltagskultur, Naturkunde und wissenschaftlicher Forschung, Denisia 40, 2018, S. 385–396.

Brandhuber, Christoph: Die Sydler von Rosenegg. Aufstieg, Macht und Ansehen einer Familie des Salzkammergutes, in: Mitteilungen des Ischler Heimatvereines 25 (2000), S. 34–37.

Nerlich, Andreas G., Peschel, Oliver & Wimmer, Judith (Hg.): … berührt von der Majestät des Todes … Die Mumie in der Kirchengruft von St. Thomas am Blasenstein, Wagner Verlag 2019.

https://www.doris.at/themen/basiskarten/kataster.aspx

Bildquellen

Hexerl: BEd Nadine Schmied

Moosmandl: Hayley Konrad

Sammlung Dr. Walter Rieder, Ebensee: S. 74, S. 96, S. 97

Erhard Fritsch, Linz : S. 105

MSc Kathrin Kefer: S. 125

Alle anderen Fotos stammen von den Mitarbeiterinnen (Mag. Karin Schmied, Ulli Steinkogler, Ursula Rohrweck) und Freunden der Bücherei Ebensee.

WEITERS ERSCHIENEN

Franz Harrer

Sagen und Legenden aus Steyr und Umgebung

Broschur, 216 Seiten, 13,5 x 21 cm

ISBN 978-3-85068-004-2

ENNSTHALER VERLAG STEYR